MIRANDA ESTÁ RETRÓGRADA

LAUREN LAYNE

MIRANDA ESTÁ RETRÓGRADA

TRADUÇÃO
Guilherme Miranda

AMORE

TÍTULO ORIGINAL *Miranda in Retrograde*

VR AMORE é um selo da VR Editora.

GERENTE EDITORIAL Tamires von Atzingen
EDITORA Marina Constantino
EDITORA-ASSISTENTE Michelle Oshiro
PREPARAÇÃO Milena Varallo
REVISÃO Aline Graça e Raquel Nakasone
ILUSTRAÇÃO DE CAPA © Andrew Lyons
ADAPTAÇÃO DE CAPA E PROJETO GRÁFICO Pamella Destefi
PRODUÇÃO GRÁFICA Alexandre Magno

Dados Internacionais de Catalogação na Publicação (CIP)
(Câmara Brasileira do Livro, SP, Brasil)

Layne, Lauren
Miranda está retrógrada / Lauren Layne; tradução Guilherme Miranda. – São Paulo: VR Amore, 2025.

Título original: Miranda in retrograde
ISBN 978-65-84047-02-0

1. Ficção norte-americana I. Título.

25-298616.0 CDD-813

Índices para catálogo sistemático:
1. Ficção: Literatura norte-americana 813
Livia Dias Vaz - Bibliotecária – CRB-8/9638

VR Editora S.A.
Av. Paulista, 1337 – Conj. 11 | Bela Vista
CEP 01311-200 | São Paulo | SP
vreditoras.com.br | editoras@vreditoras.com.br

MIRANDA ESTÁ RETRÓGRADA

ABRIL

Quando decidi, aos nove anos, que queria ser astrofísica, achei que isso significava que um dia eu estudaria as estrelas.

Não que eu fosse me *tornar* uma.

Só para deixar claro: não sou uma estrela no sentido Aniston-Clooney-Streep da palavra. Ninguém me para na rua pedindo uma foto.

Em termos nerds:

Se a galera do Clooney é parte das supergigantes azuis e brancas do universo, a dra. Miranda Reed (euzinha) está mais para uma estrela anã vermelha.

Em termos *menos* nerds:

É improvável que paparazzi saiam de trás de arbustos para me flagrar carregando sacolas de supermercado.

Definitivamente não sou famosa. Mas entre círculos sociais acadêmicos?

Digamos assim: posso não ser a Pessoa do Ano da revista *People*, mas *já fui* a Cientista do Ano da revista *Citizen*. E costumava aparecer com frequência nas listas de "30 Under 30" até meu aniversário no ano passado me tirar do páreo.

Competi sete vezes no programa *Jeopardy!*, ganhei quatro e cheguei até a fazer participações especiais como apresentadora duas vezes. E, se algum dia você assistiu a um programa matinal de rede nacional sobre uma superlua azul ou durante uma chuva de meteoros, é bem provável que tenha me visto.

É com orgulho que digo que costumo ser a primeira opção das grandes emissoras quando precisam de alguém para explicar assuntos científicos ao público.

Aqui seria o momento, em meio a toda essa falsa modéstia, em que eu deveria dizer que a pseudofama é exaustiva e que tudo o que quero é ser apenas uma cientista *comum*.

Mas sendo sincera? *Gosto* de levar a ciência ao grande público. *Gosto* de torná-la acessível, especialmente para meninas e mulheres a quem o mundo das exatas pode parecer um tanto impenetrável por razões históricas. E gosto especialmente de que, em dias como este, ser um pouco famosa me proporcione uma distração muito bem-vinda do fato de que hoje é *o* dia.

O dia pelo qual nós, acadêmicos, passamos a carreira inteira trabalhando. Esperando.

O dia em que recebemos aquela simples decisão de sim ou não que pode determinar o sucesso ou o fracasso da nossa trajetória:

Titularidade.

— *Muito* obrigada, dra. Reed — agradece a estudante loira de graduação, já na minha sala, enquanto dá zoom na selfie que acabamos de tirar com o celular dela.

Jennifer Müller, aluna da atual turma de Introdução à Astronomia, dona de uma mente brilhante e curiosa — e de uma propensão a chegar atrasada em todas as aulas — estreita os olhos para a tela.

— Você se incomoda se eu colocar um filtro antes de postar? A luz daqui é meio *blé*.

— Vá em frente. Mas nada de me *photoshopar* para deixar meus olhos maiores ou minha cintura mais fina, ou sei lá — digo. — Odeio essa baboseira.

— Ai, meu Deus, *jamais*. Você é naturalmente linda! Queria eu poder sair assim sem maquiagem.

Eu pestanejo.

Na verdade, estou, *sim*, usando maquiagem. Quer dizer, não muita. Corretivo para esconder as consequências de uma agenda que não me permite dormir direito, gel de sobrancelha para manter minhas sobrancelhas grossas no lugar. Rímel porque, bem, quem não fica melhorzinha com rímel?

Mas, pelo visto, o que achei que fosse sutil é, na verdade... invisível.

Tomo uma nota mental de passar um batonzinho também.

— Obrigada de novo pela foto — Jennifer diz. — Sei que é meio chato, mas meu pai é um *grande* fã. Ele vai surtar.

— Foi um prazer. E aposto que seu pai ficaria ainda mais feliz se soubesse que você agora chega para a aula no horário.

Jennifer faz uma careta de vergonha.

— Certo. Super. Foi mal. É só que não sou *nada* matutina. Não entendo por que o departamento colocou a senhora num horário tão ruim, às oito da manhã, se tem uma lista de espera para a sua aula. A senhora deveria ter prioridade para escolher os horários!

Como ela já está de saída, nem me dou ao trabalho de explicar que o horário das oito da manhã foi *minha* escolha e que foi *justamente* pela alta procura pela disciplina que pedi ao chefe do departamento o horário mais cedo possível. O impopular primeiro horário significa que quem se matricula quer mesmo estar lá, não quer apenas ver a "professora do *Jeopardy!*" ao vivo.

Jennifer sai da minha sala com a promessa de ser a primeira aluna a chegar na aula amanhã cedo.

Antes que eu possa voltar a corrigir a mais nova pilha de trabalhos sobre o ciclo de vida das estrelas, sou interrompida de novo, desta vez por outro professor.

— Tipo, ai, meu Deus, é a dra. Miranda Reed! — Elijah exclama com um suspiro dramático, antes de fingir tirar uma sequência de fotos como um paparazzo.

Ele faz que vai tirar a camisa.

— Pode autografar meu sutiã?

Reviro os olhos enquanto Elijah Singh, professor de física computacional, se acomoda na cadeira à minha frente. Ao contrário do que acontece comigo, a disciplina do Elijah não tem lista de espera.

Mas, diferentemente de muitos dos meus colegas, ele não parece guardar ressentimentos por isso.

Elijah é o mais próximo que tenho de um amigo no mundo cruel que é o Departamento de Física da Universidade Nova. Também é o mais próximo da minha idade, o que talvez explique o porquê de termos cometido a besteira de tentar sair no passado. Felizmente, chegamos à conclusão simultânea, durante o terceiro encontro, de que a coisa mais explosiva entre nós eram mesmo as conversas sobre os processos de fusão nuclear. Ele agora está muito bem casado com uma geóloga encantadora chamada Sadie, e nós dois temos uma amizade leve.

Ele aponta para as rosas brancas recém-entregues sobre minha mesa e me lança um sorriso ansioso.

— Imagino que esse buquê extravagante signifique que posso te dar os parabéns?

— Ainda não — respondo, soltando um suspiro nervoso. — Não recebi nenhuma notícia. — Aponto para o buquê. — As flores são da minha família. Eles se precipitaram um pouco na comemoração.

— Bom, foi uma aposta bem segura da parte deles — Elijah afirma, confiante. — Você pode ser a mais nova do departamento, mas também é o maior destaque daqui. Nem a pau que a banca vai correr o risco de perder sua galinha dos ovos de ouro.

Mordo o canto do lábio, tentando ignorar como suas palavras me atingem. Agradeço a demonstração de confiança, mas me incomoda que até meu colega de trabalho mais próximo ache que só vou conseguir o cargo por ser uma celebridade. Que sou a queridinha em um dos maiores institutos de ciência e tecnologia do país apenas porque me saio melhor do que a média na frente de uma câmera e fico bem à vontade diante de um microfone. E que o valor que trago ao departamento não vem do fato de eu ser uma cientista excelente, mas porque acabei seguindo os passos de Carl Sagan e Neil deGrasse Tyson na *popularização* da ciência.

Isso me pega.

Não *quero* me tornar professora titular apenas porque apareci em talk shows.

Quero conseguir o cargo pelo mesmo mérito e pelos mesmos motivos que meus colegas. Porque sou uma professora excelente, porque minha produção acadêmica e minhas teorias são de alto nível e porque sou *competente* na prática científica.

A titularidade é o nível máximo de aprovação acadêmica. E me tornar professora titular numa universidade prestigiada de Manhattan como a Nova é o objetivo supremo. Pelo menos, para a filha de um matemático de Harvard e de uma física de partículas do MIT — e irmã de um professor de química em Yale e de um microbiologista do Boston College.

Na família Reed, a academia, mais até do que a ciência, não é apenas o que fazemos; é quem *somos*, há gerações. Não passei sequer um único Dia da Independência sem ouvir meu pai contar que um de nossos antepassados deu aulas para John Adams em Harvard nos anos 1750. Existe até um debate recorrente nos jantares de família sobre quem vai ser o próximo a dar aulas para um futuro presidente.

Até agora, quem chegou mais perto foi minha mãe; um

ex-secretário de Estado foi aluno dela e, como ela faz questão de contar, quase não passou.

— Não deve ser um bom sinal deixarem o comunicado para o fim do dia — digo a Elijah, sem conseguir esconder o nervosismo na voz. — Não tem essa? Promovem alguém de manhã, demitem no fim do expediente?

Ele revira os olhos.

— Ninguém vai te demitir.

Lanço um olhar para ele.

— Neste mundo, não receber a titularidade é quase a mesma coisa que ser demitido.

— Justo — ele admite. — Pelo menos, se você fosse demitida, as pessoas poderiam especular sobre algum motivo interessante e escandaloso. Mas não receber a titularidade significa...

— Que você não é bom o bastante — completo a frase.

— Exato. Mas você... — Ele aponta o dedo para mim. — Você é boa o bastante. Você praticamente...

— Desculpa interromper, dra. Reed. Tem um minuto? — Eu e Elijah olhamos para a porta, onde a dra. Brenda Kowalski paira.

Quer dizer, *paira* não é bem a palavra. Sugere uma certa leveza aérea que não se aplica nem um pouco a Brenda, apesar de a brilhante professora ter apenas um metro e cinquenta e sete. Ela pode ser baixa em estatura, mas sua personalidade forte cria uma presença imponente que aterroriza a maioria dos alunos e pelo menos metade do corpo docente.

Nunca me considerei parte da metade aterrorizada.

Na verdade, *quase* cheguei a considerá-la uma amiga. Não o mesmo tipo de amizade que tenho com Elijah, mas, quando entrei na Universidade Nova como a professora mais jovem da história do Departamento de Física, a dra. Kowalski me acolheu sob sua asa. Admito que, às vezes, essa asa parecia mais a de um *dragão*, mas, ao longo dos anos, ela acabou se tornando uma mentora e confidente.

Mas também é porque a conheço tão bem que meu estômago se revira quando vejo seu rosto. Sem dúvida, não é a expressão de alguém que vem trazer boas novas.

Elijah não parece captar a tensão contida de Brenda, porque inventa uma desculpinha para sair e me lança um joinha empolgado pelas costas da dra. Kowalski antes de ela fechar a porta na cara dele.

Brenda ajeita os óculos e limpa a garganta.

E então eu sei. Eu *sei*.

O impensável está acontecendo.

Ai.

Meu.

Deus.

Não tenho muita experiência com fracassos, mas sei reconhecê-los quando estão bem diante dos meus olhos.

— Estão negando minha candidatura à titularidade — afirmo, num sussurro rouco.

Ela assente, parecendo triste de verdade.

— Pedi permissão para te contar em particular, em vez de seguir a prática habitual de anunciar a decisão diante de toda a banca.

Consigo acenar de leve com a cabeça, em sinal de agradecimento pela consideração. Mas é difícil sentir mais do que apenas uma fagulha de gratidão. Uma rejeição, mesmo em particular, ainda é uma rejeição.

E dói tanto que mal consigo respirar.

Através da névoa de confusão e incredulidade, quase não ouço o que Brenda está dizendo. Explicando. Sei que deveria me importar com o *porquê*. Então tento prestar atenção enquanto ela vai falando e falando sobre prioridades equivocadas, sobre o fato de eu ser uma figura pública e isso representar uma possível *distração* para o trabalho científico do departamento. Algo sobre eu ter conseguido uma permissão especial para tirar uma licença. Mas tudo soa como estática. Uma *estática* inacreditável, impensável e absurda.

— Miranda? — ela chama, depois de terminar a explicação, quando não respondo nada. — Você está bem?

Eu me orgulho de mim mesma neste momento porque, em vez de ceder ao impulso de chorar, apenas ergo a sobrancelha. *O que você acha, Brenda?*

Ela entrelaça as mãos à frente do corpo, e sinto uma leve satisfação ao perceber que, pela primeira vez desde que nos conhecemos, ela parece sem jeito.

— Nem preciso dizer que esperamos que você considere nossa proposta de tirar uma licença acadêmica e depois voltar como professora adjunta. Você tem um talento incrível em sala de aula, Miranda. Nunca houve dúvidas quanto a isso.

Por fim recupero a voz e fico aliviada ao notar que ela está mais firme do que alguns minutos atrás, quando pronunciei o inimaginável: *estão negando minha candidatura à titularidade*.

— Obrigada por isso. Vou pensar.

Algo dentro de mim se rebela contra a ideia de chegar a considerar sua oferta morna de professora adjunta, que dirá aceitar, mas tento me lembrar de que quase nenhuma decisão deve ser tomada no calor do momento.

Brenda me observa por um minuto e, felizmente, parece perceber que quero ficar sozinha, porque acena e sai, fechando a porta atrás de si em silêncio.

Perco a noção de quanto tempo fico sentada ali, tentando organizar os pensamentos que se recusam a ser organizados.

Por fim, pego o bilhete encaixado entre as flores enviadas pela minha família. Tiro o cartão do envelopinho e, usando a caneta que a universidade me deu quando fiz um ano como professora, risco a palavra *Parabéns*.

Em seu lugar, escrevo *Meus pêsames*.

Com muito cuidado e precisão, encaixo o cartão de volta no lugar.

E então, num gesto que é ao mesmo tempo rancoroso e bastante satisfatório...

Jogo a caneta no lixo.

ABRIL

Não vou dizer que luzinhas e vinho resolvem todos os problemas do mundo, mas essa combinação com certeza ajuda um pouco.

Quatro dias depois da implosão da minha carreira, estou desfrutando de um ritual adorado: noite de queijos e vinhos com minha melhor amiga e minha tia mais velha. Não é algo que acontece toda semana, mas tentamos nos reunir pelo menos uma vez por mês. Sempre fico ansiosa para esses encontros, mas hoje estou me sentindo ainda mais grata por estar num dos meus lugares favoritos do mundo: encolhida numa das cadeiras do pátio da minha tia, cercada por pisca-piscas brancos que ela deixa o ano inteiro para dar um brilho, como diz, à hera que sobe pela treliça.

Somando isso ao fato de que minha tia mora num verdadeiro castelo, é difícil não se sentir transportada para um lugar mágico.

Se eu acreditasse em mágica, claro.

Como física, porém, não posso acreditar.

O castelo Paterno fica em Hudson Heights, à margem do rio Hudson, no lado de Jersey. A casa geminada da Lillian, com o nome charmoso de Chalé Um (são quatro ao todo, na parte sul da propriedade), fica a uma corrida de táxi relativamente curta do meu apartamento no campus da Nova.

— Certo, lá vamos nós — Daphne diz enquanto procura sabe-se lá qual aplicativo no celular. Ela vira a tela para cima e posiciona o aparelho na minha frente. — Quando estiver pronta, é só apertar o botão de gravação e repetir palavra por palavra o que aqueles idiotas disseram.

— Ah, claro, já faço isso — murmuro, afundando a cara no vinho. — Mal posso esperar para reviver nos mínimos detalhes o pior momento da minha vida.

— Bom, é que preciso dos detalhes específicos do que aconteceu para lançar meu feitiço de vingança — Daphne explica com toda a seriedade.

Ergo a sobrancelha.

— Ainda está na fase bruxona?

— Ser bruxa não é uma fase — ela explica com paciência. — É um chamado.

Lillian dá um aceno solene, o que não me surpreende nem um pouco. Em outubro do ano passado, saímos para jantar e a hostess elogiou a fantasia de bruxa da minha tia. Lillian respondeu que uma capa preta só era fantasia quando usada por uma criança. Numa mulher adulta, era um posicionamento.

— Espera, volta um segundo — Daphne diz, franzindo a testa e girando os dedos como se estivesse rebobinando a conversa. — Esse foi o pior momento da sua vida?

— Hum. Sim — respondo com convicção.

— Mais do que o término com o Dan?

— Com certeza. — Não sei o que isso diz sobre a minha vida amorosa, o fato de eu nem precisar pensar. Não deve ser um bom sinal.

Daniel Dixon foi, até agora, meu relacionamento mais longo e mais sério. Dan é um engenheiro de computação gentil e brilhante que conheci enquanto fazia meu segundo doutorado, e tivemos uma relação agradável, tranquila e estável. É o tipo de cara que não se importa se você precisa trabalhar até mais tarde, nem se você prepara o mesmo frango assado um pouco seco todo domingo. O tipo que sempre agradece quando você entrega para ele um Tupperware com as sobras na segunda-feira — como fez na segunda anterior, e na outra também.

Em outras palavras, eu e Daniel concordávamos que a paixão ardente era superestimada em comparação com uma compatibilidade tranquila. Na verdade, éramos tão compatíveis que, no nosso último Natal juntos, saímos para comprar alianças. Não encontramos a aliança certa. O que acabou sendo bom.

Porque, no fim das contas, Daniel não era o cara certo.

Pouco antes do réveillon daquele ano, ele recebeu uma proposta para trabalhar na sede do Google, em Mountain View, na Califórnia.

Uma proposta que ele aceitou sem nem sequer me contar.

Essa parte me magoou. Daniel podia não fazer meu coração disparar, mas eu achava que éramos parceiros. E parceiros não tomam decisões que os levam para o outro lado do país sem avisar o companheiro.

Em fevereiro, Daniel saiu do nosso apartamento com, veja bem, um aperto de mão.

E quer saber? Ficou tudo bem. Eu fiquei bem. Passei o dia de São Valentim com a Daphne, como sempre fazia, sem sentir a menor falta de Daniel. Tomamos sundae de fudge com sorvete de verdade, daqueles que custam uns dez dólares por um potinho minúsculo, e tínhamos comprado dois. Depois do sorvete, comemos sanduíches de lagosta, porque quer saber? Uma mulher solteira pode comer as coisas na ordem que quiser enquanto assiste a *Thor*.

(Em geral, não sou muito fã de filmes. Muito menos de super-heróis. Mas nem eu consegui resistir a um em que Natalie Portman interpreta uma astrofísica.)

A verdade é que a frieza de Daniel ao descartar nosso relacionamento até machucou um pouco meu coração, mas comparado a...

Minha carreira inteira virada de cabeça para baixo?

Nem se compara. E foi isso que eu disse à minha tia e à minha melhor amiga depois que titia voltou com a tábua de queijos que foi buscar lá dentro.

— Bom, isso é porque o Daniel não era a pessoa certa para você — tia Lillian afirma, voltando ao pátio e colocando uma tábua de frios mais farta que o normal no centro da mesa.

— A que horas o restante da vizinhança vai chegar? — pergunto, apontando para o prato transbordando de comida.

Ela me dá um tapinha no joelho enquanto se senta ao meu lado e acende sua cigarrilha.

— Somos só nós três. Chamo isso de queijo terapêutico. Comer toda uma variedade de queijos ajuda a acelerar os estágios do luto. Funcionou comigo, pelo menos, quando perdi o Harold. — Ela aponta para o queijo cremoso no centro do prato antes de continuar. — Por exemplo, ainda está na fase da negação? Experimente esse triple crème.

— Não, já estou na fase da raiva — afirmo, mas mesmo assim passo um pouco do triple crème numa torrada.

— E com razão. Eles te rejeitaram porque você brilhou mais do que eles. — Minha tia torce o nariz de raiva.

— Bom, não foi exatamente nesses termos — falo, sorrindo em agradecimento a Daphne enquanto ela enche minha taça de vinho branco.

— E quais foram os termos? — pergunta Daphne, tentando de novo apertar, de maneira discreta, o botão de gravação no celular. Parece mesmo empenhada em seu feitiço de vingança.

— Bom. — Engulo minha torrada com queijo. — Eu estava meio em choque, então só prestei atenção em partes, mas a ideia geral era que minha "obsessão por cultura pop científica", entre aspas, não está alinhada com os objetivos da universidade ou do departamento.

— Não sabia que tinha isso de cultura pop científica — Lillian comenta.

— Não tem! — afirmo com convicção. — E parece que esqueceram que foi a própria universidade que me incentivou a aceitar todos os convites para aparecer na TV, e que foi o próprio chefe da banca de titularidade quem escolheu colocar aquela foto minha apresentando o *Jeopardy!* no site do Departamento de Física. E agora resolveu decidir que tudo isso "distrai da santidade da ciência".

Faço aspas no ar para demonstrar minha indignação.

Daphne solta um silvo de raiva.

— Então, traduzindo sem papo furado: você é uma gata prodígio e eles não aguentam mais viver à sua sombra.

Lillian acena e aponta a cigarrilha para Daphne.

— Exato. — Ela franze a testa para a taça vazia. — Alguma de vocês me faria a gentileza de buscar outra garrafa de xerez? Esta daqui parece ter evaporado.

— Deixa comigo — Daphne se prontifica, levantando-se. — Miranda, precisa que eu traga alguma coisa?

— A titularidade? — pergunto, esperançosa.

— Vou trazer mais vinho — ela responde com um sorriso maroto, antes de atravessar o pequeno pátio em direção à casa.

Está até que friozinho para abril, mas nós preferimos manter nossos encontros ao ar livre sempre que possível. Como o sol está se pondo, puxo o cobertor do encosto da cadeira da minha tia e cubro suas pernas.

Enquanto faço isso, ela envolve meu rosto com as mãos, seus anéis grandes e variados pressionando minha pele de um jeito agradável.

— Sinto muito, querida — ela diz, com uma expressão nostálgica. — Saber que as razões deles são puro lero-lero não deve tornar isso menos difícil.

— Tudo bem — respondo, embora não esteja nada bem. — Estar aqui ajuda. Sempre me senti... em paz neste lugar.

Ela aponta para a pequena área do jardim.

— São as fadinhas. Elas mantêm os pulgões longe das roseiras e espalham boas vibrações.

— As fadas usam vermelho? — pergunto, dando um gole no meu vinho.

— Algumas sim — Lillian responde, com toda a seriedade.

— Não são fadas. São coccinelídeos.

— Querida, diga apenas joaninhas — Daphne intervém, voltando com uma garrafa de xerez numa mão e uma de vinho branco na outra.

Ela retocou o batom vermelho-alaranjado de sempre, embora, como de costume, ele pareça meticulosamente desleixado. Essa é a essência da energia de Daphne; seu cabelo loiro-escuro está sempre um pouco desgrenhado, a franja um pouco longa demais. Seu estilo é um misto fascinante. Algo entre francesa chique e elegante, surfista praiana e bruxa maliciosa num corpo alto e magro. Parece capaz de roubar seu namorado, virar sua melhor amiga e lançar um feitiço no mesmo dia.

Claro, Daphne jamais roubaria o namorado de ninguém.

Mas virar sua melhor amiga? Com certeza.

E talvez lançar o feitiço também.

Lillian se refere a mim e Daphne como "par improvável", e faz sentido. Em comparação, sou mais baixa, mais discreta, quase sempre vestindo blusas pretas e justas de gola alta, e tenho, basicamente, uma única persona, uma única faceta da minha personalidade:

Nerd.

Ninguém olha para a dra. Miranda Reed e pensa: "Nossa, está aí uma mulher multifacetada com um ar de mistério!".

O que pensam é: "Está aí alguém que pode ajudar minha filha com a lição de cálculo".

Não me entenda mal: adoro ser cientista. Adoro ciência. Mas confesso que há momentos em que invejo como a Daphne parece ser multifacetada. E há dias em que estou diante de uma sala de aula explicando o fenômeno incontestável de que, em algum momento, daqui a bilhões de anos, nosso Sol vai morrer, nosso sistema solar vai deixar de existir, e me pergunto se não estou perdendo alguma coisa.

Ou, pior: me pergunto se não estou prestando um desserviço aos meus alunos ao reduzir nosso universo incrível a um punhado de fatos.

Talvez por isso eu seja "obcecada por cultura pop científica", como acredita a banca de titularidade. Talvez seja a minha tentativa de dar algum sentido a isso tudo, mesmo que eu mesma não consiga decifrá-lo.

— Ladybirds — Lillian comenta, pelo visto ainda pensando nas fadas vermelhas de jardim, estalando os dedos enrugados ao se lembrar. — Era assim que ele as chamava.

— Era assim que quem chamava o quê? — Daphne pergunta, porque é difícil acompanhar a linha de raciocínio da minha tia mesmo antes de ela começar a tomar xerez.

— Meu querido Harold. Ele era da Inglaterra, e sempre chamou joaninhas de ladybirds.

— Viu? — Aponto para titia e olho, triunfante, para Daphne. — Essa é uma das razões pelas quais uso o nome científico.

Daph apoia o queixo na mão e me observa.

— Também deve ser um dos motivos pelos quais você ainda está solteira, queridinha.

Lillian solta um riso baixo, e finjo uma expressão ofendida.

— Tá, desculpa — Daphne diz. — Vamos voltar ao assunto.

— Que assunto? — pergunto. — O queijo?

— Isso — Lillian responde. — E pensar nos nossos próximos passos.

Sorrio com a escolha dela pelo plural. Sendo racional, sei que não há muito o que minha tia nada científica possa fazer para me orientar nesse dilema profissional, mas é justamente por ela estar tão fora do mundo acadêmico que seu apoio significa tanto.

Dizer que Lillian é o ponto fora da curva da família Reed seria como dizer que o Sol é quente. Ela é a irmã mais velha do meu pai, e um ponto fora da curva autodeclarado. Ainda não sei toda a história de sua vida, mas a versão que ela gosta de contar é que escapou das "garras bostonianas" sufocantes da família para visitar Manhattan quando estava na casa dos vinte. Conheceu um nova-iorquino rico, o já mencionado querido Harold, e se casou com ele em menos de uma semana.

Ele faleceu repentinamente pouco antes de eu nascer, mas a indomável Lillian preferiu ficar aqui no chalé em vez de voltar para a rigidez dos Reed da Nova Inglaterra.

— Pois é, o que vem agora? — Daphne pergunta. — Ou é cedo demais para pensar nisso?

— Sendo sincera, não tenho muitas opções — respondo, dando de ombros.

— Não dá para contestar? Não tem como recorrer? — Daphne indaga.

— Tecnicamente, dá. Mas todo mundo sabe que é uma piada. Eles nunca mudam de ideia. E se eu for rejeitada outra vez? — Aponto para a tábua com torradas. — Ia precisar de muito mais queijo.

— Então, você está... você foi, tipo... — Lillian e Daphne trocam um olhar preocupado, sem querer dizer em voz alta.

— Demitida? — completo. — Está mais para... Ter uma promoção negada. Eu apenas volto ao cargo anterior. A diferença é que, no meu mundo, essa decisão é definitiva. Depois que você sai do caminho para a titularidade, não tem volta. Ainda posso ser professora adjunta na Universidade Nova. Eles ainda querem que eu seja professora adjunta. Só que sem a estabilidade ou o prestígio.

— Bom, que patifaria — Lillian declara.

— Concordo. E não dá para conseguir titularidade em outra faculdade?

— Tecnicamente, sim — explico, hesitante. — Mas, na prática? Nenhuma faculdade na qual eu gostaria de trabalhar me consideraria para uma vaga de titular depois de saber da minha rejeição.

— Talvez seus pais possam...

— Não, não — Lillian intervém, erguendo a mão ao me ver prender a respiração. — Nada de pedir favores para o lado esnobe e erudito da família.

Não tenho coragem de contar para minha tia que, mesmo se eu quisesse pedir um favor, não tive a oportunidade. Meus pais e meus irmãos estão mais calados do que nunca desde que mandei a mensagem com a notícia há quatro dias. Não esperava que corressem para cá com uma fornada de biscoitos ou algo assim, não somos esse tipo de família. Não fazemos demonstrações calorosas de afeto; lidamos com a realidade e seguimos em frente.

Exemplo clássico: no meu último aniversário, meu presente coletivo foi um irrigador bucal, porque cometi o erro de admitir que tive minha primeira cárie.

Somos esse tipo de família.

Ainda assim, achei que receberia alguma resposta. Um simples "que chato" teria bastado.

Mas, em defesa deles, esse é um território bem novo para os Reed, ainda mais para mim. Desde quando minha professora sugeriu que eu pulasse o quarto ano do ensino fundamental, eu não era apenas uma integrante da bem-sucedida família Reed: era a estrela. A única menina, a mais nova, a mais inteligente...

Daphne estende o braço e pega minha mão.

— Você está bem?

Não.

Forço um sorriso.

— Sim. E até que tem uma boa notícia nisso tudo. Minha mentora conseguiu que aprovassem uma licença de um ano, se eu quiser.

— Você quer? — Daphne pergunta. — Um ano de folga seria ótimo, não?

Minha única resposta é um aceno de cabeça, porque tenho quase certeza de que essa licença foi menos para me agradar e mais para me tirar dos holofotes por um tempo.

— Sou a favor de você aceitar. Tire esse ano — Lillian diz, batendo as cinzas do cigarro. — E aproveita de verdade, meu bem. Viaje. Faça aulas de dança. Faça luzes no cabelo. Precisa de dinheiro? Tenho de sobra.

— Não, estou bem financeiramente — garanto.

Não rica. Mas bem. Confortável. Passei os últimos anos morando na acomodação bastante barata do campus, o que me ajudou a economizar, sem falar no dinheiro extra que ganhei aqui e ali com participações em programas de TV e dando palestras.

— Então por que a hesitação?

— Não sei... — Faço uma pausa. — Para ser sincera, não sei o que eu faria com um ano de folga, mesmo que sejam apenas nove meses letivos. Não teria ninguém para ensinar. Nada para estudar. Nem acesso aos laboratórios.

— Comer, rezar, amar — Daphne declara, batendo na mesa com entusiasmo. — É isso que você faria.

— Bom. Sim. Eu poderia fazer essas coisas...

— Não, não. Não estou falando dos verbos, estou falando da vibe, sabe? Comer, rezar, amar.

Inclino a cabeça, confusa com a referência.

— O livro sobre a mulher que vai para a Itália e sei lá aonde mais para se encontrar?

— Ah, isso — tia Lillian comenta, entusiasmada, com a boca cheia de Gouda, estendendo a taça, que Daphne enche com mais xerez. — Amei o filme.

— Tenho certeza de que é ótimo — falo —, mas a ideia de viajar por um ano não me agrada muito.

— A questão não é a viagem, é a jornada emocional — Daphne explica. — É reagir quando sua vida vira uma merda e inventar uma vida nova, com regras novas.

— Minha vida não virou uma merda. — Franzo a testa, pegando um pedaço bem generoso do triple crème.

Lillian aponta para a minha mão.

— Repara que você pegou o queijo da negação quando disse isso.

— Bom, qual é o queijo da aceitação? — pergunto, paciente. — Vamos passar para esse.

— Não se pode forçar a aceitação, você precisa meio que... se deixar levar até ela — Daphne diz.

Bufo.

— Nunca me deixei levar por nada na vida.

— Talvez seja esse o problema, querida — tia Lillian pontua, limpando um pouco da geleia de figo do queixo. — Você sempre fez as coisas de um só jeito, pensou sobre as coisas de um só jeito, viveu as coisas de um só jeito.

— Certo, até que é verdade — admito devagar, já que isso

reflete o que venho pensando nos últimos tempos: que estou perdendo um pedacinho vital de mim mesma, uma parte crucial da experiência humana. — Mas não acho que encher o bucho de espaguete vá resolver isso.

— Nunca subestime o poder dos carboidratos — Daphne diz. — Mas não era bem o que eu tinha em mente. Posso te mostrar uma coisa?

Para minha surpresa, não é uma pergunta retórica. Ela se senta e espera, paciente, pela minha resposta, o que é estranho vindo da Daphne.

Isso me diz que, qualquer que seja sua ideia, ela a leva muito a sério. E, por mais relutante que eu esteja, isso me deixa intrigada, então faço que sim com a cabeça.

— Certo — Daphne fala, pegando o celular. — Lembra que a única coisa que eu queria de aniversário uns anos atrás era sua data e hora de nascimento para poder ler seu mapa astral? Lembra que eu queria praticar?

Consigo não revirar os olhos.

— Lembro. — Foi quando Daphne estava no auge da fase astrológica, antes de passar para a fase dos cristais (a fase bruxona é mais recente).

— Certo, então você ainda lembra seu signo, sua lua e seu ascendente?

— Eu deveria saber o que isso significa? — pergunto com cautela.

— Já vamos chegar lá — Daphne responde, animada. — Por enquanto, só leia isto aqui. Apenas a primeira frase.

Ela me entrega o celular, e o pego, lendo em voz alta para a tia Lillian ouvir:

— "Uma reviravolta drástica está a caminho hoje, do tipo que vai destruir algo que você pensava querer e lançar você de maneira um tanto desenfreada numa nova direção."

Ergo os olhos.

— O que é isso?

— Zodiac Zone.

Abano a cabeça, sem entender.

— É um aplicativo de horóscopo. Você acabou de ler o seu. — Daphne faz uma pausa dramática. — De *segunda*.

Volto a olhar para o celular.

— O dia...

— O dia em que uma reviravolta drástica tirou algo que você pensava querer? — Lillian indaga com a voz gentil.

Estreito os olhos.

— Não *pensava* querer. Eu queria a titularidade. Ainda quero.

Minha tia e minha melhor amiga trocam um olhar do qual não gosto nem um pouco, sobretudo porque não faço ideia do que significa, e detesto coisas que não entendo.

— Espera, tem mais — Daphne continua, pegando o celular de novo, deslizando o dedo pela tela antes de me devolver o aparelho. — Agora leia esta frase.

Suspiro, mas volto a ler.

— "O alinhamento celestial de hoje sugere uma transição drástica e surpresa na esfera romântica. Aceite a mudança com graciosidade e confiança. Acredite: essa pessoa estava destinada a sair da sua vida."

— Esse é do dia em que o Daniel contou que aceitou aquele emprego no Google — Daphne comenta.

— Certo — digo devagar. — Entendi. Uma coincidência curiosa. Mas você não pode me dizer que *toda* virginiana foi demitida e levou um fora nesses mesmos dias. Quem quer que escreva essas coisas vai acabar acertando uma vez ou outra. O nome disso é estatística, não destino.

Minha tia estreita os olhos para a tábua de queijos e corta um pedaço generoso de algo azul com uma aparência bem estranha.

— O que é isso? — pergunto, dando uma cheirada.

— Stilton. O queijo da barganha.

Estreito os olhos.

— Por que você acha que estou barganhando?

Minha tia apenas sorri e dá uma longa tragada.

Daphne me lança um sorriso tranquilizador.

— Só estou sugerindo que talvez você devesse aproveitar essa licença para explorar um campo de estudo novo.

— Astrologia — pontuo, sem conseguir disfarçar o forte tom de ceticismo debochado na voz. — Você quer que eu passe um ano lendo meu horóscopo e fazendo... o que exatamente?

— Não só lendo o horóscopo — explica Daphne, quase pulando de empolgação. — Mas vivendo de acordo com ele. Se ele mandar dançar, você dança. Se mandar flertar com um estranho bonitão, você paga o latte do gato na Starbucks. Essas coisas.

Devolvo o celular para Daphne, sem querer admitir que estou um tantinho desconcertada com a precisão dos horóscopos.

— Mas qual seria minha hipótese? — pergunto, alternando o olhar entre ela e Lillian. — Mesmo que eu começasse com uma hipótese nula, não tenho nenhum dado empírico com que trabalhar. A própria natureza da astrologia é completamente subjetiva. Então qual seria o sentido?

— Acho que o sentido, minha querida — tia Lillian diz, me dando um tapinha carinhoso na mão —, é que a vida não foi feita para ser hipotetizada.

Franzo a testa, sem gostar nem um pouco disso.

— Para que foi feita a vida, então?

Tia Lillian sorri.

— Para ser *vivida*.

AGOSTO

Apesar do discurso inspirador da minha tia, eu não tinha a menor intenção de embarcar na baboseira da Daphne de "seguir meu horóscopo por um ano". Embora eu de fato tenha decidido tirar a licença, fiz isso com uma condição: tiraria o ano letivo regular, mas só depois de concluir os cursos de verão aos quais já tinha me comprometido. Os alunos já estavam inscritos muito antes da recusa da minha titularidade. Eu não queria que fossem punidos pelo meu fracasso.

Por isso, dois meses depois do início dos cursos de verão, comecei o dia como todos os outros dias úteis daquele verão: esperando na fila pelo meu *latte* de baunilha, entre uma aula e outra.

Mas no futuro próximo?

Vou ter muito tempo livre.

Até lá?

Leio meu horóscopo enquanto espero pelo café.

Não porque pretenda transformar isso numa jornada espiritual de um ano ou algo assim.

No entanto, quatro meses depois da minha conversa com Lillian e Daphne, me peguei abrindo o aplicativo que a Daphne havia sugerido. Por curiosidade, e *apenas* curiosidade, que fique claro.

Devo admitir que, quanto mais leio, mais entendo. Não que *acredite*. Mas encontro um certo consolo em sentir que existem coisas planejadas para o dia que vão muito além do meu controle.

E que tudo que preciso fazer é seguir algumas instruções sobre como lidar com meu horóscopo.

Graças à Daphne e ao Google, aprendi que a forma correta de ler o horóscopo é olhando o signo *ascendente*. É a constelação que estava ascendendo no horizonte oriental no momento exato do seu nascimento. O meu é Gêmeos.

Se me permitem falar como cientista aqui por um momento, parece tudo uma grande bobagem porque é centrado demais na *Terra*. O universo é imenso, e ainda assim os astrólogos querem nos fazer acreditar que nosso destino e nossa personalidade são determinados pelo que estava acontecendo no horizonte oriental de um único planeta no momento em que nascemos?

Todavia, descobri depois que as previsões que a Daphne me fez ler naquela noite na casa da Lillian eram, na verdade, o horóscopo do meu *ascendente*. E eram tão certeiras que foi mais assustador do que eu gostaria de admitir.

Até para mim mesma.

Porque o meu problema com astrologia é o seguinte. Como cientista, não apenas fui treinada para achar que essas coisas eram bobagem, como *defendi* ativamente que eram. Começo o primeiro dia de cada semestre em *todos* os meus cursos abrindo espaço para toda e qualquer pergunta. Faço questão de deixar claro que nenhuma é boba ou absurda demais. Como resultado, nunca tive uma aula sequer do curso de Introdução à Astronomia ou Introdução ao Cosmos em que alguém não tenha criado coragem de perguntar, em geral com um tom de esperança, se astrologia era real.

Ao que sempre respondi:

Não. De jeito nenhum.

Tento dourar ao máximo a pílula para o estudante esperançoso, explicando que, por milhares de anos, a astrologia era bastante compreensível. Os humanos da Antiguidade tentavam encontrar sentido no mundo com base no que viam e observavam: as constelações e os planetas do nosso sistema solar.

Mas sabemos muito mais agora. Sabemos que nosso sistema solar é um entre *milhares* numa galáxia que é apenas uma entre centenas de bilhões de galáxias. E isso falando apenas do universo observável.

Então, será que *alguma* parte de mim acredita que a posição das constelações e dos planetas no dia e na hora do meu nascimento exerce alguma influência sobre os acontecimentos da minha vida?

Não consigo acreditar nisso. Simplesmente *não*.

Mas, às vezes? Quero acreditar. Quero ser como a Daphne, que acredita não apenas em astrologia, mas em *tudo*. Numerologia. Projeção astral. O poder dos cristais.

E, caso você não entenda como alguém que acredita em vórtices se tornou a melhor amiga de alguém que lê revistas científicas... também não entendo.

Mas, segundo a Daphne, nosso encontro foi apenas parte do grande plano do universo. Tínhamos vinte anos quando nos conhecemos. Eu estava no meio do meu primeiro doutorado, e a Daphne pagava a faculdade de design trabalhando como garçonete no meu café favorito, onde eu costumava estudar. Em algum momento, entre os pedaços grátis de torta de maçã que ela me arranjava sabendo que eu não conseguia resistir e meus conselhos sobre seu último projeto, sentimos que éramos feitas uma para a outra, quase como irmãs. Como se uma existisse para preencher o vazio na vida da outra.

Como eu tinha adiantado alguns anos na escola e começado a graduação aos dezesseis, em vez dos dezoito, como era habitual, eu era sempre mais nova do que meus colegas e, por isso, não tinha feito nenhuma amizade sólida e duradoura. A amiga de infância mais próxima da Daphne havia se mudado fazia pouco tempo para Seattle e, como ela mesma disse, sentia falta de "ter a vida de uma pessoa querida para se meter".

Portanto, passou a se meter na minha. E, embora isso signifique que agora sei muito mais sobre números dos anjos e tarô do que jamais pensei ser possível, não trocaria isso por nada.

Agora aqui estou eu. Abrindo meu horóscopo.

Só para passar o tempo.

Em questões do coração, fique atenta hoje, querida geminiana. Um encontro fortuito com um estranho encantador pode levar a um romance além dos seus sonhos mais delirantes. Essa pessoa pode parecer um príncipe encantado, pronto para surgir e salvar o dia, ao mesmo tempo que direciona sua vida para um novo rumo.

— Fantástico — murmuro, voltando a guardar o celular na bolsa. — Já vou até reservar o salão do casamento.

— Bom dia, dra. Reed — diz Eric, o barista sorridente cujo turno sempre coincide com o meu horário. — O de sempre?

— Por favor — respondo, enquanto pago com o aplicativo da Starbucks e incluo uma gorjeta.

— Que tal um bolo no palito? Por conta da casa.

Pisco.

— Ah. Bom. Claro. Estou com cara de deprimida ou coisa assim?

Ele sorri.

— Não. Só estou a fim de oferecer.

— Bom, obrigada. Estou a fim de aceitar.

Estou pegando o doce grátis quando algo me ocorre.

— Viu, você diria que essa é uma atitude de príncipe encantado?

Ele inclina a cabeça.

— Como assim?

— Nada, deixa pra lá. — Abano a cabeça.

Eric é bonito, de um jeito fofo-mas-jovem-*demais*-para mim. Sem falar que não é um estranho.

Desculpa, horóscopo. Eu tentei.

Alguns minutos depois, saio da Starbucks com o *latte* na mão. Começou a chover, o que eu não esperava. Não estou com guarda-chuva nem com blusa de capuz, mas dou sorte com os semáforos e consigo atravessar a rua Lafayette sem precisar parar na chuva. E, quando me aproximo da Broadway, o semáforo está, mais uma vez, a meu favor.

Estou prestes a pisar na faixa de pedestres quando ouço a buzina de um carro perto demais e viro a cabeça a tempo de ver um táxi passando a toda velocidade pelo sinal vermelho, sem desacelerar. Ele vem na minha direção mais rápido do que consigo reagir, mas, no exato instante em que percebo que estou prestes a ser atropelada, alguém me puxa para trás com tanta força que meu *latte* voa e cai no chão.

— Ei! Que *imbecil*! — grita um pedestre.

Estou inclinada a concordar, mas meu coração está batendo forte demais pela quase catástrofe.

— Você está bem? — pergunta uma voz masculina logo atrás de mim.

Viro para o homem e me dou conta de duas coisas: deve ter sido ele quem me puxou para fora do perigo, e ele é... perfeito.

Sempre gostei de dizer que não tenho um tipo, mas estava

bastante enganada quanto a isso, ou, talvez, só precisasse ver o meu tipo para reconhecê-lo.

Sabe aquela sensação estranha de que alguém parece ter sido feito para você? Como se tivesse sido criado sob medida para preencher todos os requisitos?

É ele.

Alto sem ser gigantesco, forte sem ser bombado. Seus olhos azuis são simpáticos, seu rosto bonito, embora não exatamente simétrico. O cabelo não é bem loiro, mas também não chega a ser castanho. E o sorriso... *perfeito*, maroto e um pouco tímido.

E talvez seja apenas ilusão da minha parte, mas juro que ele está me olhando com o mesmo torpor de *é você* que estou sentindo agora.

Por precaução, dou uma olhada em seu dedo anelar esquerdo, e meu coração dispara ao não ver nenhum anel.

Quando meus olhos retornam a seu rosto, ele leva apenas um instante para me olhar de volta e, por algum motivo, sei que ele acabou de fazer a mesma análise da minha mão esquerda.

— Você está bem? — ele pergunta de novo, abaixando-se um pouco para deixar os olhos na altura dos meus e se assegurar de que estou mesmo bem.

— Sim! Sim. Estou. Muito bem. Estou sim.

Tão eloquente, Miranda.

Nunca fui lá muito boa em flertar, mas em geral consigo manter uma conversa e formular frases com mais de duas palavras.

— Obrigada — digo, tentando parecer mais normal. — Por... enfim, razões óbvias. — Aponto para o cruzamento.

Ele abana a cabeça, indignado.

— É um milagre que ninguém tenha se machucado. Ele poderia ter matado alguém.

— Felizmente, a única vítima foi um *latte* de baunilha com

três doses de café e leite de aveia — comento, enquanto me agacho para pegar o copo agora vazio e jogá-lo na lixeira ao lado.

— Eu... — Ele hesita. — Posso te comprar outro?

Meu coração dá um pulo de alegria antes de se apertar quando me lembro de que não tenho tempo para uma segunda ida à Starbucks.

— Bem que eu queria. Mas minha aula começa daqui a alguns minutos, e talvez eu já esteja atrasada.

— Ah. Estudante de pós?

— Professora. Física. Astronomia, especificamente — respondo de um fôlego só.

— Ah. Não brinca. — Ele solta uma risada surpresa. — Minha filha é obcecada por tudo relacionado ao céu noturno.

Filha.

Ui.

Quer dizer, não que eu não adore crianças, mas uma *filha* obviamente tem uma *mãe*, o que significa...

Sorrio, tentando não demonstrar a decepção.

— Imagino que não dê aulas particulares? — ele pergunta com um sorriso. — Minha ex morreria se soubesse que encontrei uma professora de astronomia para a Kylee antes dela.

A desolação faz um cavalo de pau e volta a ser admiração.

— No momento, não — admito. — Mas sempre quis.

É uma mentira deslavada. Nunca na vida pensei em dar aulas particulares. Mas, em termos de mentiras, essa está longe de me tirar o sono, porque também não sou *contra* dar aulas particulares.

Muito menos para filhas de pais solteiros muito bonitos.

— Maravilha — ele diz, levando a mão ao bolso do terno. — Pega meu cartão. Se não estiver apenas sendo educada porque acabei de salvar você de uma morte horrível como um verdadeiro herói, me manda mensagem. E-mail. Me liga.

Aceito o cartão, é claro. Christian Hughes.

— CFO da OmniLogic Solutions — leio em voz alta. O nome da empresa me soa vagamente familiar; fabricam chips de computador ou algo assim. — Impressionante.

— Impressionante o suficiente para eu saber seu nome? — ele pergunta, todo esperançoso. Todo charmoso.

— Dra. Miranda Reed — digo, estendendo a mão.

Sua palma envolve a minha, quente e forte e perfeita.

— Foi um grande prazer te conhecer, Miranda. Adoraria repetir. Sem a parte da quase morte.

— Também adoraria.

Ele sorri e pisca.

— Então tomara que você me mande mensagem.

Fico olhando para ele até depois que ele se afasta, até me assustar um pouco ao me dar conta do horário. Corro pelo resto do caminho até o edifício do Departamento de Física, mas, mesmo assim, chego atrasada à aula pela primeira vez em anos.

E, pela primeira vez *na vida*, minha cabeça está em outro lugar.

Passei a vida toda obedecendo cega e dedicadamente às leis da física, às regras da natureza, aos preceitos rigorosos do estudo científico.

Hoje, porém, percebo que minha atenção não está nem um pouco na ciência.

Está na previsão do horóscopo sobre um estranho encantador. Um príncipe encantado que salva o dia.

E coloca minha vida num novo rumo.

Enfim entendi que rumo novo pode ser esse.

Os cursos de verão estão quase no fim, e está na hora de quebrar todas as regras. De me reinventar.

De me tornar alguém que não seja a cientista dra. Miranda Reed.

Vou seguir o conselho da Daphne e fazer um *Comer, rezar, amar* guiado pela astrologia.

Vou seguir a sugestão da minha tia.

Vou *viver.*

SETEMBRO

— *Jura* que não está saindo por minha causa? — pergunto à minha tia. — Porque a Daphne conhece alguém que está procurando uma pessoa para sublocar um *studio* no Lower East Side. Não quero expulsar você da própria casa.

Lillian passa um batom rosa-choque nos lábios e depois dá um tapinha na minha bochecha.

— Minha querida, amo você mais do que qualquer coisa no mundo, inclusive aquele nerd adorável que você chama de pai e eu chamo de irmão. Mas nada me obrigaria a ficar por essas bandas quando o clima começa a mudar. Eu iria para Palm Beach mesmo se você não precisasse de um lugar para ficar.

E eu preciso *muito* de um lugar para ficar.

A universidade me deixou continuar alugando o apartamento no campus durante o curso de verão, mas, como não serei professora no próximo ano letivo, precisei me mudar.

Não que eu *quisesse* ficar. Deixei de me sentir em casa lá assim que soube da decisão da banca de titularidade. Tudo em que vinha me concentrando perdeu o sentido de repente.

Quando Lillian soube, insistiu que eu me mudasse para o chalé, já que coincidia com sua migração anual para a Flórida e o lugar ficaria vazio.

— Além disso — diz ela, me dando outro tapinha na

bochecha antes de conferir o batom no espelho da entrada —, gosto de saber que tem alguém cuidando das plantas. — Lillian ergue a sobrancelha e encontra meu olhar pelo reflexo. — Você *vai* cuidar das plantas. E das fadas.

Não sei se ela está brincando ou não sobre as fadas. Duvido que esteja, então apenas aceno com a cabeça, equilibrando a pilha de papéis em que escreveu as instruções de cuidados com as plantas com sua caligrafia curva e caprichada.

— Já vi artigos acadêmicos menos detalhados — comento enquanto folheio as páginas. — Não tenho como fazer besteira.

— Acho bom. E não se esqueça das plantas no terraço. São as minhas favoritas.

Franzo a testa.

— Então por que colocar no terraço? Nem sabia que você *ia* até lá.

Ela ajeita o cabelo e abre um sorriso enigmático que me faz pensar que, mesmo se ela me contasse, eu não entenderia. Imagino que tenha algo a ver com fadas ou elfos.

— Queria que você não tivesse que ir tão cedo. Teria sido bom dividir a casa por um tempo — acrescento.

— Desculpa, querida. As grandes damas vivem sozinhas, e nunca no frio.

Não entendo nada sobre grandes damas, mas de estações entendo.

— Nem é outono ainda.

— Verdade. Mas Judith vai ficar furiosa se eu não for ao baile de aniversário de oitenta anos dela amanhã. Vai ser num barco, o que parece um erro com tantos idosos, e por isso mesmo não posso perder. — Ela se volta para mim. — Embora confesse que gostaria de ver como é essa Miranda aventureira. Quero atualizações diárias.

— Não sei nada sobre uma Miranda *aventureira.* Nem

comecei o Projeto Horóscopo ainda, mas até agora a coisa mais maluca que ele me sugeriu é experimentar uma culinária nova.

Projeto Horóscopo é como estou chamando meu compromisso de um ano para viver como astróloga em vez de cientista. Dar nome à missão faz com que ela pareça mais real. E optar por um termo genérico como *projeto* em vez de *hipótese* ou *experimento* pareceu um belo dedo do meio ao mundo acadêmico que me traiu.

Minha tia está me observando.

— Já ligou para aquele menino?

— Ele tem mais de trinta anos, Lillian. E uma filha.

Ela balança o dedo.

— Não tente me distrair da sua falta de coragem.

— Estou... esperando o momento certo. Precisava corrigir os trabalhos e as provas finais, estava me mudando, estava... — Paro no meio da frase.

— Inventando desculpas? Faz quase duas semanas que você me ligou toda derretida depois de quase virar panqueca no asfalto.

— Que *lindo* — ironizo. — Não fazia ideia de que você era poeta. E vou ligar para ele. Quando meu horóscopo disser que devo.

— Ah, nem pensar. — Ela abana a cabeça. — Você não vai usar a astrologia do mesmo jeito que usava a ciência.

— O que isso quer dizer?!

— Quer dizer que não quero ver você trocando um conjunto de regras por outro só para continuar se sentindo segura e organizada. É perder todo o propósito.

— E qual é o propósito? — pergunto, curiosa para saber a visão dela.

Em vez de responder, ela assume uma expressão um tanto nostálgica.

— Lembra aqueles verões em que você era pequena? Eu alugava aquela casona no vale do Hudson, e você e seus irmãos passavam alguns meses comigo.

— Sim, claro. Eu adorava aqueles dias.

— Você adorava aquelas *noites* — ela corrige. — Passava todas as noites de céu limpo deitada na grama, olhando para os astros. Você amava.

— Ah, claro. Quero ser astrônoma desde os nove anos.

— Não — ela responde. — Essa é a versão da Wikipédia da dra. Miranda Reed. E é a história que você contou a si mesma, que sem dúvida seus pais implantaram em você naquele verão em que preferiram te mandar para um acampamento de ciências em vez da minha casa.

— Ah, Lillian. — Pego na mão dela. — Desculpa. Nunca pensei que você se sentisse...

— Não. — Ela me ignora com impaciência. — Não tem nada a ver comigo. Arrumei um amante *bem* viril no primeiro verão em que vocês pararam de me visitar. Estou falando de você, querida. Você não lembra ou não quer lembrar, mas foi só aos doze anos que veio com essa história de querer ser astrônoma. Eu lembro porque ajudei a pagar aquele telescópio caro no seu aniversário de doze anos.

Franzo a testa.

— Não entendo. Se eu era obcecada pelo céu noturno antes disso...

— Você era obcecada, mas não pela radiação cosmética de fundo em micro-ondas nem pela matéria escura.

— *Cósmica* — corrijo. — Radiação cósmica de fundo em micro-ondas.

Ela solta um suspiro dramático, mas se recusa a perder o argumento.

— Não se esqueça de quem você era antes de decidir que

queria todos esses títulos metidos à besta de *doutora* antes do nome.

— Quem eu era? — pergunto, genuinamente curiosa, enquanto Lillian se dirige à porta.

— Uma menina que acreditava que as estrelas eram *mágicas*, que a lua guardava segredos e que o universo tinha um plano para ela. E não — ela acrescenta, me lançando um olhar incisivo por sobre o ombro —, aquele plano não era a titularidade. Você queria ser uma estrela do rock.

Algumas horas depois da partida de Lillian, o pessoal da mudança chega com as minhas caixas. Por sorte, em termos de mudanças, até que essa não é tão estressante.

Como o Chalé Um já está mobiliado, deixei a maioria dos meus móveis num depósito no fim da rua. Fiz o mesmo com os utensílios de cozinha, já que Lillian também tem tudo. Ela foi generosa ao sugerir que eu poderia tirar as coisas dela enquanto estivesse aqui, para que o lugar parecesse mais meu. Mas percebi que nem sei ao certo como seria um lugar que fosse de fato meu. Ou melhor, *até sei*. Seria muito parecido com o meu apartamentozinho sem graça de um quarto no campus, onde morei por seis anos e, mesmo assim, não deixei nenhuma marca.

Sempre pensei em fazer algo para deixar o lugar com a minha cara. Contratar um decorador ou, pelo menos, dar uma olhada no Pinterest atrás de alguma inspiração de bricolagem. Poxa, até um quadro genérico na parede já teria sido um avanço. Em vez disso, o pobre espaço foi uma casa, mas nunca um lar. Dava para ver que alguém *morava* ali: havia um sofá, uma mesinha de centro. Mesa de jantar, cadeiras, cama. Mas havia algo que dissesse quem era essa pessoa? Os móveis eram neutros; as paredes, vazias. Até os livros que havia por toda parte estavam cuidadosamente empilhados nos cantos, não exibidos nem deixados à mostra na mesa de centro com algum traço de orgulho ou entusiasmo.

Essa foi a parte mais difícil e mais satisfatória do processo de mudança: empilhar minhas dezenas de livros e artigos acadêmicos em caixas, lacrar tudo com fita adesiva e mandar, junto com os móveis sem graça, para o depósito.

Em termos práticos, foi necessário, uma vez que a casa da Lillian, assim como seu estilo pessoal, é o completo oposto do meu. Lillian gosta de se autodenominar maximalista, o que é um eufemismo para dizer que está a um passo de virar acumuladora. Todo canto tem uma luminária excêntrica, uma estátua esquisita ou uma planta muito bem cuidada. Toda prateleira está coberta de estatuetas de gnomos, globos de neve ou pequenos cacarecos que ela foi juntando em viagens e ganhando de amigos ao longo dos anos.

Mas, embora não haja espaço físico para os meus livros, percebi que também não quero abrir espaço mental para eles. Ou talvez até *queira*, o que só torna ainda mais necessário manter todos afastados por enquanto. Para descobrir uma nova Miranda, uma Miranda que seja mais do que apenas fatos e intelecto, eu precisava abrir espaço para um novo tipo de conhecimento. A academia sempre foi meu refúgio, e os livros, meu cobertorzinho de segurança. Por isso, seria melhor me livrar deles até o fim do Projeto Horóscopo.

Por falar nisso...

Vou até a porta da frente, onde Lillian deixou minhas encomendas que chegaram no dia anterior. Acho que vou ter que abrir espaço para alguns livros, mas não os de partículas quânticas. Daphne preparou uma lista de leitura de astrologia para iniciantes e, sem questionar, encomendei todos. Estou começando a tirá-los das caixas quando o celular, enfiado no bolso de trás da calça jeans, vibra.

Eu o tiro do bolso e, embora não me orgulhe disso, por muito pouco não o silencio e o guardo de novo.

Em vez disso, respiro fundo, procuro a garrafa de vinho mais próxima e...

— Oi, mãe!

Ela solta um leve suspiro de decepção, como se eu não tivesse acertado no tom da saudação. Talvez tenha soado entusiasmada demais.

— Miranda. Estou surpresa que tenha atendido. Não é hoje o dia da mudança?

— Por que você fala isso com o mesmo tom de quem pergunta sobre o "Dia D"? — questiono, embora já saiba a resposta.

Tia Lillian e minha mãe são como dois ímãs com os polos negativos voltados um para o outro. Por mais que se tente, nunca vai haver conexão. E pode acreditar: eu tentei.

Eu me dou mais ou menos bem com a minha mãe. Me dou bem com Lillian. O que me torna o único ponto em comum entre as duas.

Minha mãe é professora de matemática em Harvard. Pode parecer um pouco clichê, mas a ideia dela de uma noite empolgante de folga é uma xícara de chá de mirtilo e uma série documental sobre decifradores de códigos. Lillian, por outro lado, anda com uma garrafinha na bolsa, junto com um maço de cigarrilhas e seu romance de banca favorito do mês. E ela só gosta dos "bons e picantes".

— Entendo que sua nova situação de desemprego a deixou praticamente sem teto. O que não entendo é por que você decidiu se refugiar no... reino da sua tia em vez de vir para Boston, onde sua família pode te apoiar e te ajudar a se recuperar.

— Eu *estou* recuperada, mãe. Só estou de licença. Parte perfeitamente normal e até incentivada do processo acadêmico.

— Uma licença serve para revigorar o rigor acadêmico, não para trocá-lo por uma pseudorreligião antiga.

Estou servindo uma taça generosa de vinho e, com essa última frase, sirvo um gole extra.

— Você conversou com o Jamie — pontuo, resignada.

Tenho dois irmãos mais velhos: Brian, professor de química em Yale, e Jamie, microbiólogo no Boston College. Adoro os dois, mas sou um pouco mais próxima de Jamie, tanto em idade quanto em temperamento. No fundo, Brian até tem um bom coração, mas está soterrado sob uma espessa camada de intensidade e uma tendência a dar sermões, em especial para a irmã mais nova. Jamie é mais simpático e fácil de conversar. Foi o primeiro da família a quebrar o silêncio depois de saber sobre a decisão da universidade e, como agradecimento, acabei confessando a ele sobre o Projeto Horóscopo.

Também pedi para ele não contar a ninguém. Um pedido que, pelo visto, foi ignorado.

— Astrologia, Miranda? Você sempre foi bem veemente quanto à impossibilidade disso.

— Implausibilidade — corrijo. — Tem uma diferença.

Após uma pausa tensa, ela diz:

— Sim, querida. Sei bem. O que quero dizer é que nós duas sabemos que corpos celestes não estão lá em cima planejando a minha vida e a sua. Sei que você sofreu um contratempo, mas não é assim que...

Interrompo.

— Por que vocês não ligaram?

Há outra pausa, dessa vez de surpresa.

— Quando?

— Depois que mandei mensagem dizendo que não consegui a titularidade. Por que ninguém ligou? Passaram-se *semanas*, nem quando o Jamie organizou a chamada de vídeo no Dia dos Pais.

— Bom, como você mesma disse, era o Dia dos *Pais*, querida. Não acho que o dia ideal do seu pai incluiria relembrar seu... deslize?

Eu sabia que isso aconteceria, mas ainda assim dói.

— Meu deslize — repito com cuidado, dando um pequeno gole de vinho. — Você sabe que eu não fiz nada de errado, certo? Além de ser mais famosa do que meus colegas. E quer saber? — acrescento, entrando no clima da conversa. — Mesmo que eu tivesse errado, mesmo que tivesse cometido uma asneira colossal, você é minha *mãe*.

— Claro que sou! — Para ser justa, ela parece genuinamente surpresa e triste por eu estar triste. — O que você precisava que eu não te proporcionei?

Suspiro, porque essa é uma daquelas coisas que, se precisam ser explicadas, já perderam o sentido por completo.

— Não sei, mãe — respondo, exausta. — Acho que eu queria um pouco de... apoio.

— Exato! — Sua voz se anima. — É o que queremos oferecer, querida. Por isso acho que você deveria vir para casa. Eu, seu pai e seus irmãos podemos mexer alguns pauzinhos. Tenho certeza de que há oportunidades como professora visitante...

Meu gole de vinho é bem mais generoso dessa vez.

— Mãe. Sei que você tem boas intenções, mas não quero ser a coitadinha da família. Nem sei se quero continuar no mundo acadêmico.

— Então vai simplesmente virar uma... birutinha esotérica?

Sorrio. Acho tanta graça que nem consigo me ofender, porque minha mãe parece mais confusa do que qualquer outra coisa, como se não conseguisse mesmo compreender o que estou tentando fazer aqui.

— Mãe — Tento manter a voz gentil. — Você já se sentiu um pouco... apagada? Como se só uma parte da sua alma estivesse acesa?

— Bom, a ciência já provou que não existe alma, querida.

Pois é. Eu tentei.

— É por que você ainda está solteira? — ela pergunta. — Porque, veja, o amigo do Brian, o Scott, está divorciado agora, e acho que ele está querendo voltar a namorar. Você sempre gostou do Scott.

Acho que nem sei quem é esse Scott.

— Vou pensar — digo. — Mas, a partir de amanhã, vai depender muito.

— Do quê?

Sorrio, um diabinho no ombro me provocando, e de repente me sinto mais empolgada do que nunca com o ano que está por vir.

— Do meu horóscopo.

TEMPORADA DE VIRGEM

Levante a cabeça hoje, querida geminiana. Seu regente planetário, Mercúrio, estaciona e fica direto hoje. Embora isso sinalize uma mudança da indecisão confusa das últimas semanas, a neblina persistirá, então evite tomar grandes decisões. A boa notícia é que o trígono Sol-Urano de hoje vai recarregar e motivar você. Este é um bom momento para começar um projeto de melhoria na casa, algo em que você não havia pensado antes, mas que de repente vai parecer vital.

Alguns dias depois da viagem da Lillian, começo a manhã como venho fazendo desde o início do Projeto Horóscopo: com uma xícara de café e o aplicativo Zodiac Zone, recomendado pela Daphne. Aparentemente, é um dos poucos aplicativos de astrologia que não pede apenas sua data de nascimento e joga o "signo solar" que a maioria das pessoas conhece. Esse aqui pede também o horário e o local do nascimento para avaliar seu mapa natal *completo* e oferecer uma leitura mais precisa.

Segundo Daphne.

Ainda não estou convencida, mas uma coisa posso dizer sobre essas previsões diárias: elas sabem ser *irritantes*.

Solto um resmungo alto na cozinha quando leio o horóscopo de hoje: melhoria na casa? *Credo.*

Não sou o tipo de pessoa que *tem* habilidades manuais. Nem para artesanato, nem para hobbies, muito menos para pequenas reformas na casa.

Além disso, ainda nem abri os livros de astrologia que comprei enquanto me instalava na casa da Lillian, não tenho a menor ideia do que seja um regente planetário.

Talvez não precise dar ouvidos a isso.

Pego o celular e decido ligar para a Daphne por chamada de vídeo durante o café da manhã.

— Olá, minha querida geminiana! — ela diz ao atender.

— Leu meu horóscopo, né? — pergunto.

E, como foi ela quem recomendou esse aplicativo, aposto que leu exatamente o mesmo que eu.

Aliás, isso é uma das coisas que me incomodam na astrologia. Uma das muitas. O fato de existirem centenas, se não milhares, de fontes diferentes de horóscopo por aí, nenhuma igual à outra, muitas nem sequer parecidas. Como saber qual é a melhor?

A certa?

Daphne me disse que é uma questão de confiança, então... estou tentando. Decidi ficar com apenas esse aplicativo por enquanto, para não me confundir com fontes conflitantes. Além disso, a cientista em mim gosta da ideia de uma constante nesse projetinho. Usar a mesma fonte todo dia me proporciona isso.

— Hum, claro que li — Daphne responde, indignada. — Já lia antes mesmo de você assumir sua espiritualidade. — Torço o nariz. — Cedo demais pra falar em *espiritualidade*, né? — ela indaga, rindo.

— Um passo de cada vez. Quero entender isso do ponto

de vista intelectual. O que é um regente de mapa, e por que o meu é Mercúrio? — pergunto, dando uma colherada no cereal.

— Aaah — ela diz, apertando os lábios. — Aquele planeta inóspito, maldito. Aposto que você está feliz por ele ter saído da retrogradação, né? Tá, enfim. Regentes planetários. Então... seu ascendente é Gêmeos, certo? E Mercúrio rege Gêmeos. Então ele é o regente do seu mapa. Meio que o capitão do navio — ela continua. — O regente do seu mapa meio que conduz a parada toda.

— Então não posso ignorar?

— Não sem consequências. Por quê? Não ficou empolgada com... o que era mesmo? Projeto doméstico?

— Será que passar o aspirador conta? — pergunto, me animando. — Preciso fazer isso.

— Passar aspirador é uma tarefa, não um projeto.

— Droga. — Dou outra colherada no cereal, franzindo a testa enquanto mastigo. — Por quê?

— Por que passar aspirador não é um projeto?

— Não, por que Mercúrio rege Gêmeos? — questiono. — Quem é o regente do seu mapa? Você é libriana, né?

— Vênus.

— *Por quê?* — repito.

Daphne torce o nariz.

— Ok, não sei bem como se determina o regente do mapa.

— Hum, tá — digo, cedendo. — Deve ter em algum dos livros que comprei.

— Provavelmente — ela comenta, parecendo achar graça. — Só lembre que o objetivo disso tudo é manter você longe dos livros por um tempo.

— Mas meu sol é em Virgem! — argumento, sabendo que ela vai adorar. — É assim que a gente funciona.

— Justo. — Daphne sorri. — Como está sendo o processo de mudança?

— Conturbado — admito. — Prendi o dedo na porta do carro com tanta força que quase *quebrei*, agora estou usando uma tala. — Ergo a mão para mostrar. — Aí peguei aquela gripe que está rolando por aí. E *daí* o aquecedor de água da Lillian quebrou, e o cara que veio consertar passou muito mal no banheiro. É tudo que vou falar sobre isso... por que está sorrindo com a minha desgraça?

— Não estou — ela responde, rindo. — É só que... isso é *tão* Mercúrio retrógrado.

Quase abro a boca para argumentar que os planetas não andam para trás de verdade, e que tudo não passa de uma ilusão de ótica causada pelo fato de que os planetas se movem em velocidades diferentes um do outro. Mas essa é a Miranda cientista falando.

A Miranda *astróloga* deve acreditar que Mercúrio rege todo tipo de comunicação e, quando está retrógrado, causa desentendimentos, indecisão, turbulência e caos aqui na Terra, blá-blá-blá.

Levo a tigela vazia até a pia e solto um resmungo frustrado ao olhar pela janela.

— Preciso ir — aviso a Daphne. — Um coelho gordinho voltou a encher o bucho com as plantas da Lillian.

— Ah, que fofo! Coelhos são meu animal de poder! Aposto que ele sabe que você está falando comigo.

Encerro a ligação antes que ela veja meu revirar de olhos.

Corro até a entrada, fazendo tudo quanto é barulho para espantar o pequeno agente do caos. O coelho é uma graça, admito, mas está devastando as "bebês" da Lillian, e ainda não criei coragem de contar para a minha tia que nenhum canto do pátio é seguro para suas bebês receberem a quantidade certa de sol *e* ficarem protegidas dos bichos.

Não sou nenhuma botânica, mas passei a semana toda

pensando numa forma de controlar melhor a temperatura aqui fora e proporcionar algum tipo de abrigo...

— Ah. Claro — murmuro alto quando a ideia surge. Preciso de uma estufa.

Eu poderia *construir* uma estufa. Esse pode ser meu projeto doméstico.

Corro de volta para dentro e começo a pesquisar.

Algumas horas depois, fico surpresa ao me dar conta que faz dias que não me sinto tão empolgada e motivada.

Exatamente como meu horóscopo previu.

♍

TEMPORADA DE VIRGEM

Parece que nem mesmo os virginianos, conhecidos por sua eficiência nas tarefas, conseguem construir uma estufa num único dia. Mal consegui *planejar* uma. E olha que me esforcei. Para ser honesta, meu ego ficou um pouco ferido ao perceber que a empreitada era bem mais complicada do que imaginei.

A verdade é que... *tecnicamente*, sou meio que uma gênia segundo o teste de Q.I. que meus pais aplicaram em nós, do mesmo jeito que outros pais colocam os filhos em acampamentos de futebol. Não é algo que saio por aí anunciando, nem penso nisso com frequência, mas é verdade que a maioria das coisas sempre foi até que fácil para mim.

Aparentemente, projetos domésticos não são meu forte, porque, mesmo depois de passar o dia todo pesquisando na internet como construir uma estufa, a sensação é de que não saí do lugar.

Só percebo, já me preparando para dormir, que passei tanto tempo focada nas plantas do *andar de baixo* que me esqueci por completo das preciosas plantas do terraço da Lillian.

Guardo meu irrigador bucal, calço as pantufas felpudas e visto um suéter tão largo e aconchegante que cobre o short do pijama. Com o regador cheio na mão, subo a escada estreita em espiral que leva ao terraço.

Apesar de ainda estar um pouco intrigada pela insistência da minha tia quanto a essa tarefa no terraço, confesso que não me incomoda. Na verdade, acabou se tornando minha parte favorita da rotina, mesmo durando apenas alguns minutos. O que gosto é que ela me leva até o terraço, e o terraço me leva até as *estrelas*.

Mais difícil do que admitir que não sei fazer uma estufa é reconhecer que, embora tenha construído uma carreira inteira estudando o cosmos, não lembro da última vez que olhei *para cima*. Nem a última vez que apreciei o céu noturno por sua beleza, e não pelo seu valor educacional.

São nesses momentos silenciosos, no fim da noite, no terraço da Lillian, ainda mais do que lendo meu horóscopo todas as manhãs, que me sinto uma *outra* Miranda. Uma Miranda que se permite ver as estrelas como pequenos diamantes brilhantes para os quais se pode fazer pedidos, e não como as esferas gigantes de plasma que a dra. Miranda Reed sabe que elas são.

Tecnicamente, é uma observação de estrelas medíocre. A casa da Lillian fica perto demais da poluição luminosa de Manhattan para se ver qualquer coisa direito.

Mas esse momento é sagrado e especial para mim.

No meio da escada, percebo que nem essa observação de estrelas meia-boca vai rolar hoje. Já tirei as lentes de contato e esqueci de pegar os óculos que uso à noite e de manhã cedo.

Mas, como não preciso de visão perfeita para pingar um pouco de água nas flores, não me dou ao trabalho de descer para pegar os óculos.

— Oi, queridas — murmuro para as plantas, enfiando o dedo no solo. As extensas instruções por escrito da Lillian falavam bastante sobre "cutucar a terra para testar a umidade". No começo, isso não fazia nenhum sentido para mim, mas, quando enfio o indicador na terra fresca e úmida, sem nem pensar, percebo com satisfação que talvez eu esteja enfim pegando o jeito de ser mãe de planta. Ontem, depois de uma chuva de verão, consegui notar que elas não precisavam de água *nenhuma*. Agora, sei que só precisam de um golinho.

Lillian se refere às flores roxinhas como suas "buzzes", o que achei que fosse uma invenção dela, mas descobri depois que é assim mesmo. *Buzzes* são uma variedade de um arbusto florido chamado *buddleja*. Florescem até a primeira geada, e aí posso diminuir a rega. No começo, isso me incomodava, mas agora fico triste por ter só mais um mês mais ou menos para curtir essas plantas. Elas são conhecidas como "arbustos das borboletas", e tento me lembrar de subir durante o dia em algum momento nas próximas semanas para ver as borboletas que sua fragrância teoricamente atrai.

— Boa noite, sobrinha da Lillian.

Dou um grito e derrubo o regador, virando para o lado de onde veio a voz masculina — grave, lenta e inesperada.

Graças à falta de luz e à minha miopia sem correção no momento, não consigo distinguir muitos detalhes, mas tenho certeza de que há um *homem* no terraço ao lado, a não mais de três metros de onde estou.

— Isso é um cavalete? — pergunto, tentando enxergar melhor o suporte à frente dele.

— Lillian disse que você era um gênio. É uma maravilha ver sua genialidade em ação — ele responde com um tom sarcástico e distante.

Pisco, um pouco surpresa pela grosseria gratuita.

— Quero dizer... como você consegue ver... deixa pra lá. — Se esse estranho do terraço não quer papo, eu é que não vou me esforçar. — Como você sabia quem eu era? — pergunto, estreitando os olhos.

— Lillian mandou um e-mail para os vizinhos. Avisou que você ficaria aqui enquanto ela estivesse fora.

— Interessante. *Você* ela não mencionou.

Ele dá de ombros e pega o que parece ser um giz preto... carvão? Algum material artístico? E, como aqui em cima é bem silencioso, consigo ouvir os riscos deslizando pela tela enquanto ele volta ao trabalho.

Pego o regador, que, felizmente, ainda tem água suficiente para satisfazer as buzzes, mas em vez de completar meus deveres com as plantas, continuo a encarar o vizinho da Lillian.

— Então. Essa foi uma deixa para você se apresentar — digo, depois de um longo silêncio.

O som do carvão riscando a tela não para, e ele nem se dá ao trabalho de virar a cabeça na minha direção quando responde.

— Archer.

— Archer. É nome? Sobrenome?

Ele lança um olhar na minha direção e, embora eu não consiga distinguir muitos detalhes do rosto no escuro, vejo um breve brilho de dentes brancos sob o luar.

— Por quê? Vai verificar minha história com a Lillian? Confirmar que não sou algum maluco invasor morando no terraço?

Coço o nariz, porque era exatamente o que eu estava pensando em fazer.

— Sobrenome — ele responde, fechando o sorriso e voltando ao tom entediado. — E não se preocupe, sobrinha da Lillian. Sua tia me conhece. E você, está fazendo o que aqui em cima?

— Regando as plantas favoritas dela — respondo, apontando com o regador em direção às buzzes. — A Lillian gosta que as plantas do terraço sejam regadas à noite.

Isso parece chamar a atenção dele, que lança um olhar rápido na direção das flores.

— Subo aqui quase toda noite em que não chove e *nunca* vi essas plantas na vida. — Ele aponta com o carvão.

Pisco, surpresa.

— Como assim?

— Aliás, nunca vi a Lillian aqui em cima também.

Agora estou confusa mesmo, porque ele não *parece* estar mentindo — mas as instruções da minha tia foram muito precisas.

— Tem certeza?

Ele dá de ombros.

Franzo a testa para as plantas.

— Por que será que ela as trouxe pra cá? Alguma coisa sazonal, talvez?

Ele não responde, e percebo que já voltou a desenhar, como se eu nem estivesse aqui. Isso não faz muito bem para o meu ego, mas não sou nenhuma *femme fatale*. Essa está longe de ser a primeira vez que um homem me ignora, então não me abalo tanto assim.

Curiosa sobre Archer, apesar da sua evidente grosseria, caminho até a borda do terraço que dá para o dele. Não é um espaço grande. Na verdade, há menos de trinta centímetros entre as duas casas. O suficiente para perder um molho de chaves para sempre, mas não o bastante para alguém correr o risco de cair.

O terraço dele tem mais ou menos o mesmo formato do meu. Pensando agora, me lembro vagamente de já ter notado a cadeira enferrujada por lá.

Mas o cavalete é novo, assim como a banqueta ao lado. O homem, *com certeza*, é novo, e *não* estou gostando nem um pouco dessa novidade.

Não tinha me dado conta até agora, com essa presença inesperada, mas eu vinha pensando nesse terraço como *meu*. O restante da casa ainda tem a cara da Lillian. Mas aqui em cima, com a vista das estrelas e do horizonte de Manhattan? Esse era o espaço da Miranda.

E agora estou tendo que dividir. Não gosto nem um pouco disso.

— Como você consegue desenhar à noite se mal dá pra ver o que está fazendo? — pergunto, não resistindo à curiosidade.

— Não estou no meio de uma tempestade com uma crescente côncava — ele responde, erguendo o queixo na direção do céu. — Está claro. Minguante gibosa.

Cruzo os braços, irritada por ele saber disso.

— Você entende de fases da lua.

— Você também entenderia, se gostasse de pintar sob o luar.

— Você é um artista profissional?

Ele volta a atenção para a tela.

— Sim, ganho dinheiro com as minhas pinturas.

— Não foi isso que perguntei.

— Não?

Penso por um momento.

— É, deve ter sido.

Mas vejo — mais do que ver, sinto — os olhos dele se voltarem para mim por um instante, talvez surpreso com minha admissão, antes de retornar ao trabalho.

— Não *esta* obra — ele comenta, apontando para a tela à sua frente. — Vendo as peças que crio no meu ateliê. Essa é só para mim.

— Posso ver? — pergunto, curiosa.

— Que parte de "só para mim" não ficou clara?

— Você não é muito simpático.

Em vez de responder, ele pega uma taça da banqueta e dá um gole enquanto me observa.

— Qual é o seu nome, sobrinha da Lillian? Devia estar no e-mail, mas esqueci.

— Dra. Miranda Reed, PhD.

Ele solta uma risada rápida e coloca a taça de volta na banqueta.

— Você sempre se apresenta assim?

Franzo a testa.

— Normalmente, sim. Não quero que as pessoas pensem que sou médica. Se tiver uma emergência, não vou ser muito útil.

Ele apenas abana a cabeça e volta a desenhar.

Estreito os olhos.

— Você disse que sobe aqui toda noite em que o luar está bom, mas isso não é verdade. A lua cheia em Peixes foi no dia 30 de agosto, e você não estava aqui.

— Uma lua cheia em Peixes? Randy, você está sempre cheia dessas informações irrelevantes?

— Randy? — repito.

— Bom, não vou chamar você de dra. Miranda Reed, PhD — ele diz com uma imitação muito boa da minha "voz de professora" que, às vezes, escapa da sala de aula.

— Não estava aqui durante a lua cheia em Peixes — ele continua — porque passei a maior parte do mês fora da cidade.

— Ah. Você viaja muito?

— É esperança isso que estou ouvindo na sua voz?

— Bom. — Cruzo os braços. — Não estamos exatamente nos dando bem, né? E, se eu subo aqui toda noite, e você sobe aqui quase toda noite... — Deixo a frase no ar, porque minha insinuação é clara.

— Entendi. Também gosto da minha solitude. Que tal um revezamento?

— Claro! — respondo, surpresa e satisfeita com a boa vontade dele.

— Ótimo — ele concorda. — Eu subo aqui toda noite em que o clima e a lua permitirem, e você... nunca.

Solto um som exasperado, mas, em vez de ceder, ele dá de ombros.

— Não vamos esquecer, dra. Miranda Reed, PhD, que passei a maior parte dos últimos quatro anos morando aqui, e *você*, apenas tempo suficiente para citar uma única lua cheia. Em Peixes.

Solto um suspiro resignado e volto para junto das buzzes para dar as últimas gotas do regador.

— Acho que escolhi o projeto doméstico errado.

— Está resmungando o que aí, Randy?

— Achei que precisava construir uma estufa lá embaixo — explico. — Mas talvez esse não devesse ser meu primeiro projeto de melhoria na casa.

— Não? — Seu tom indiferente e o fato de já ter voltado a desenhar não deixam muito espaço para conversa, mas decido continuar mesmo assim.

— Estou pensando em construir uma cerca. Na verdade, mais do que uma cerca. Uma barreira — explico, quando ele não responde. — No *terraço* — continuo um pouco mais alto.

— Randy — ele diz, e por fim o tédio dá lugar à exasperação. — Você sempre fala tanto assim?

— Não. Não mesmo, na verdade. — Faço uma pausa. — Algo que temos em comum. Só que sou muito mais simpática.

Ele solta algo que parece uma risada, e tenho quase certeza de que tentou conter, mas escuto mesmo assim. Isso me agrada um pouco.

Pelo menos até ele voltar a desenhar sem dizer mais nada.

— Vou descer — anuncio.

— Mas já?

Reviro os olhos, embora ele não possa ver.

— Ei. Randy? — ele me chama quando estou prestes a entrar.

Olho para o outro lado do terraço e, mais uma vez, vejo o brilho de um sorriso sob o luar.

— Mesmo horário amanhã?

Minha única resposta é deixar a porta bater um pouco mais forte do que o necessário atrás de mim.

♍

TEMPORADA DE VIRGEM

Hoje é um dia de perdão e reconciliação, querida geminiana. Você vai se sentir louca para restaurar a harmonia, então dê o primeiro passo para consertar as pontes com alguém com quem teve um conflito recente, talvez buscando um objetivo em comum. O papel dessa pessoa na sua vida não é o que parecia a princípio...

— Escuta aqui, universo. Sei que se acha onisciente, mas acho que dessa vez você se enganou — digo, deixando o celular de lado, indignada, depois de ler meu horóscopo.

Existe apenas uma pessoa com quem tive um conflito recente, e os astros estão redondamente enganados. Não estou *louca* para fazer nada com ele, muito menos me desculpar.

Depois lido com esse conselho. No momento, estou surpreendentemente ansiosa para voltar ao conselho do projeto doméstico de ontem.

Me servindo de mais café, pego a trena e saio para o pátio da frente para tirar mais algumas medidas para a estufa. Apesar da minha conversa com o misterioso Archer ontem à noite, não tenho a menor intenção de trocar o projeto da estufa por uma cerca no terraço.

O fato de mais uma planta ter sido mordida — suas flores praticamente dizimadas — reforça meu compromisso.

O quintal de Lillian, o *meu* quintal pelos próximos meses, é espaçoso para os padrões de uma casa geminada. Há um pátio pavimentado e uma pequena área gramada. Mesmo assim, não tem exatamente muito espaço para trabalhar. A maior parte do espaço se estende para fora, formando um caminho que leva até o portãozinho fofo que marca a entrada da propriedade. E o pouco espaço que sobra ao lado ela transformou numa área de jantar ao ar livre.

Considerei mandar os móveis do pátio para o depósito e, como estamos perto do fim da temporada de "refeições ao ar livre", usar o espaço para a estufa. Mas então tive uma ideia que me agrada ainda mais...

Uma estufa *vertical.*

Não faz muito tempo, li um artigo sobre a popularidade crescente da *agricultura* vertical, então imagino que não deva ser tão difícil aplicar esse mesmo sistema numa escala menor.

As plantas de Lillian agora estão em vários vasos descombinados apoiados numa parede de hera no lado direito da propriedade. Nunca tinha parado para pensar no que havia atrás da hera. Mas agora sei o que, e quem, mora lá. E, enquanto tiro todas as medidas para determinar a melhor área para a estufa vertical, meu olhar fica se voltando àquela parede de hera.

Por fim, a curiosidade fala mais alto e deixo a trena se recolher com um estalo. Vou até a parede de hera e, com cuidado, enfio o dedo por entre as folhas, descobrindo que não é uma parede de verdade. Em vez de encontrar uma superfície firme de, talvez, tijolo, meu dedo passa para o outro lado...

Alguém me dá um peteleco, e não é nada leve.

— Ai!

— Bom dia, Randy. — A voz de Archer é tão indiferente

de manhã quanto à noite, como se não conseguisse encontrar mais do que o mínimo de energia suficiente para uma interação social. — Dormiu bem?

— Não muito — digo para a parede hera. — Minha rotina noturna, que costuma ser tão tranquila, foi atrapalhada por um intruso ranzinza.

— Hum — ele responde, entediado. — Sei como é. Estou com uma vizinha nova enxerida!

— Enxerida! — exclamo. — Nunca na vida fui acusada de ser enxerida.

— Você está gritando, Randy.

Estreito os olhos, respirando fundo para manter a calma enquanto fico tamborilando o polegar na parte de metal da ponta da trena.

Infelizmente, a Miranda geminiana tem ordens muito claras para o dia de hoje que não envolvem estrangular artistas irritantes com aquela ferramenta.

... Dê o primeiro passo para consertar as pontes com alguém com quem teve um conflito recente... O papel dessa pessoa na sua vida não é o que parecia a princípio...

— Argh. Tá — murmuro.

Vou até o portão da frente do quintal. O portão de madeira já deve ter sido branco, mas a maior parte da tinta está lascada, e o fecho pende sem utilidade, a uma brisa de terminar de cair.

Talvez esse devesse ter sido meu projeto doméstico; é muito mais fácil do que minhas ambições de estufa vertical.

Caminho os poucos passos até o portão de Archer. Em todas as vezes que visitei Lillian ao longo dos anos, nunca dei muita atenção aos vizinhos. Tinha a impressão de que ela se dava bem com eles, mas nunca mencionou nomes. Muito menos o *dele*.

Seu portão está em condições um pouco melhores do que o de Lillian, mas não muito. Entro sem ser convidada. Seu quintal da frente é igual ao de Lillian em termos de disposição, embora seja mais vazio; duvido que alguma fada vermelha viva aqui. Não tem nenhuma flor simpática nem nenhum gnomo excêntrico, apenas algumas plantas verdes pouco inspiradas e...

Ele.

Hesito quando tenho a primeira visão não embaçada de Archer em plena luz do dia, porque ele não é *nada* como deveria ser.

Algo na forma lenta e sem pressa como ele fala me fez pensar que ele era mais velho, mas está apenas na casa dos trinta. Não dá para dizer exatamente *onde* na casa dos trinta, provavelmente porque a metade inferior do seu rosto é coberta por uma barba escura que está mais para "não estava nem aí para me barbear" do que "olhem para a minha barba". Seu cabelo escuro é ondulado, um pouco bagunçado, talvez um pouco comprido demais, caindo sobre as orelhas. Passa a mesma mensagem que a barba:

Não estava nem aí.

Ele está com uma calça jeans desbotada, uma camiseta branca simples, os pés descalços. Com a caneca lascada na mão, era para ele parecer desleixado, mas, nele, de alguma forma, tudo isso passa uma energia muito aconchegante.

Acho que pode ser até... atraente. Se você curte esse tipo de coisa. O que não é meu caso.

— Quer que eu dê uma voltinha? — ele pergunta, levando a caneca à boca e dando um gole lento. Seus dedos são compridos e bronzeados, o que me faz pensar que sua viagem recente deve ter sido a algum lugar ensolarado.

— Uma voltinha? — repito.

— Para você poder dar uma olhada atrás também, sabe?

Dou uma fungada de desprezo intencional.

— Até que faz sentido você se achar. Se não você, quem mais?

O canto da boca dele se ergue num quase sorriso, e ele dá mais um gole na bebida da caneca. Seus olhos são azul-escuros e se mantêm completamente enigmáticos enquanto ele me lança um olhar nada sutil de cima a baixo.

Estou me preparando para receber algum tipo de ofensa, considerando que ainda nem tomei banho. Estou usando o mesmo suéter largo de ontem à noite, meu cabelo está preso num rabo de cavalo frouxo, e não sei onde foram parar os óculos *lindos* que uso toda manhã antes de colocar as lentes de contato, então peguei um par antigo que é grande demais para o meu rosto e, ainda por cima, com uma receita defasada.

Não tão defasada, porém, a ponto de não notar que ele não fica exatamente deslumbrado pela minha aparência, e que minha energia aconchegante não é tão atraente quanto a dele.

— Você sempre passa as manhãs assim? — pergunto. — Esperando à espreita que um dedo cutuque a parede de hera para poder assustar a vizinha?

— Quem está cutucando não sou *eu* — ele diz. — E, sim, gosto de passar as manhãs ao ar livre. Ou gostava, pelo menos. Lillian não é nem de longe tão barulhenta quanto você.

Franzo a testa.

— Não sou enxerida nem barulhenta.

— Você fala sozinha.

— Não falo, não.

Ele dá um gole de café e não diz nada enquanto continua a me observar.

Voltando ao que interessa, respiro fundo.

— Certo. Archer. Parece que estamos destinados a fazer as pazes.

As sobrancelhas dele se levantam.

— Destinados? Segundo quem?

Droga. Eu realmente gosto da formalidade dele.

— Meu horóscopo — digo, erguendo o queixo e desafiando-o a tirar sarro.

Ele aceita o desafio, porque revira os olhos.

— Ah, não. Você é uma daquelas.

— Uma *daquelas*? — questiono, parecendo muito ofendida para alguém que, poucos meses antes poderia ter pensado o mesmo, apesar de não ser tão grosseira a ponto de falar em voz alta.

— Desculpa — ele diz, sem parecer nem um pouco arrependido. — Fique à vontade para fazer as pazes. Vou ter o maior prazer em ouvir seu pedido de desculpas.

— *Meu* pedido de desculpas? Pelo quê?! — exclamo, esquecendo completamente o sermão gentil do meu horóscopo.

— Me diga você. — Archer dá de ombros. — É você que acha que precisa fazer as pazes. Eu não sabia que tínhamos uma picuinha.

Torço o nariz.

— Picuinha. As pessoas ainda falam isso?

Ele dá outro gole do café.

— Pareço preocupado se meu vocabulário é ou não atual?

— Você não parece preocupado nem se seu corte de cabelo é atual.

Archer inclina a cabeça para o lado, levando um dedo à orelha.

— Está ouvindo?

— Ouvindo o quê?

— Aquela nossa paz frágil. Sendo desfeita.

— Só porque você fica estragando tudo com sua falta de educação.

— Falou a mulher que invadiu meu quintal às sete da manhã sem ser convidada.

Ele tem um bom argumento, mas não vou admitir isso.

— Vamos recomeçar — digo, forçando um sorriso. — Vamos fingir que estamos nos conhecendo pela primeira vez e que a noite de ontem nunca aconteceu.

Vou até ele, notando que, para um homem que não parece se importar muito com a aparência, ele cheira muito bem. Perfume de limpeza, mas um pouco enigmático também. O tipo de cheiro que não dá para identificar com exatidão.

Estendo a mão direita.

— Oi. Sou Miranda.

— Não quer dizer "dra. Miranda Reed, PhD? — Estreito os olhos e ele revira os dele de novo antes de passar a caneca para a mão esquerda e me cumprimentar com a direita. — Você tem um olhar bem intenso, Randy. É sempre tão séria?

O gesto era para ser meramente formal, mais pelo simbolismo do que pelo contato em si, então não gosto nem um pouco da sensação vibrante quando sua mão muito maior se fecha ao redor da minha.

Surpresa, volto a encará-lo, e seus olhos azuis se estreitam.

— O que mais seu horóscopo disse? Você não parece o tipo, aliás.

— Que tipo?

— O tipo místico. Não era para as doutoras serem lógicas? Não acharem que a lua determina nosso humor ou sei lá o quê?

Puxo a mão, o que demora um segundo a mais do que deveria, porque seus dedos tardam um pouco para soltar os meus. Provavelmente para me irritar.

— É algo novo. — Dou uma leve sacudida na mão enquanto tento organizar os pensamentos, ignorando a maneira como ele nota o gesto e entreabre outro sorriso de canto.

— O que é novo?

— Ler meu horóscopo. *Seguir* meu horóscopo — digo, depois me obrigo a parar antes de contar a esse completo estranho toda a minha história. Especialmente as partes mais recentes e dolorosas.

— Ah. Alguma chance de me deixar de fora dessa?

— Você é sempre assim ou só de manhã e à noite? — pergunto, apontando para ele.

— Assim como?

— Com essa energia indiferente de "a vida me entedia".

— Ah — ele repete. — É a minha personalidade cativante, infelizmente.

— Que agradável para todos ao seu redor. — Franzo a testa para ele. — Meu horóscopo diz que devemos ter algum objetivo em comum. Talvez esse objetivo seja evitar um ao outro.

— Adorei. Fique longe do meu terraço, e teremos um acordo.

— *Meu* terraço — retruco, cruzando os braços. — Eu me enganei. Não deve ser de você que meu horóscopo estava falando, porque não estou louca para restaurar harmonia nenhuma.

— Tanta coisa melhor do que harmonia para fazer — ele diz, baixando a voz e me lançando um olhar de cima a baixo que demora um pouco mais do que o anterior.

— Aff — resmungo. Ele sorri, parecendo menos entediado do que nunca. — Aliás, vou começar um projeto ali. — Aponto para o meu quintal. — E não faço a menor ideia do que estou fazendo, então se ouvir alguma coisa que indique que cortei meu próprio braço tentando construir uma estufa, eu adoraria se pudesse ignorar nossas diferenças e chamasse uma ambulância.

Estou andando de volta até o portão ao dizer isso, mas, como ele não responde, nem mesmo com sarcasmo, olho para trás.

— Como assim, nenhum comentário maldoso?

Archer vira a caneca, terminando seu café, depois me lança um olhar resignado.

— Meu avô tinha uma empresa de jardinagem.

Fico olhando para a cara dele.

— Certo?

Ele suspira.

— A especialidade dele? Construir estufas. Eu o ajudava todo verão. Também não consigo manter aqueles coelhos malditos longe do meu manjericão. — Ele aponta com o polegar para umas plantas murchas.

— E?

Archer faz uma expressão angustiada.

— Acho que encontramos nosso "objetivo em comum".

♍

TEMPORADA DE VIRGEM

Lua nova em Peixes hoje, querida geminiana. Você vai se ver vivendo inúmeras primeiras vezes. Permita-se uma espontaneidade experimental, desde que não sirva como distração do seu propósito mais essencial neste dia: há uma conversa ou ligação que você vem adiando. Hoje é o dia.

— Você está colocando isso no lugar errado — Archer diz quando começo a martelar um prego numa tábua.

Solto um suspiro frustrado.

— Foi onde você me falou para colocar!

— Não. — Ele se aproxima, pega minha mão que segura o prego e a move quase *nada* para a esquerda. — Foi *aqui* que falei para colocar.

Resmungo, descontente, e puxo a mão. Ele afasta a sua, mas continua parado ali, me olhando.

— Você não gosta que te digam o que fazer.

— Alguém gosta? — Eu o empurro com o ombro para fora do meu espaço pessoal.

Archer se afasta, mas cruza os braços e inclina a cabeça para o lado, o que, nos últimos dias, notei que costuma fazer quando está julgando alguma coisa. Ou alguém. Normalmente eu.

Reconheço bem esse olhar. Cresci cercada por cientistas; sei quando alguém está estudando algo com atenção. Mas nunca tinha parado para pensar que artistas também observam as coisas com a mesma intensidade.

— Você sente falta? — ele pergunta depois de um momento.

— Do quê? — Lanço um olhar de soslaio enquanto miro o martelo no prego. Já faz alguns dias que estamos nesse projeto e, embora eu tenha adquirido um pouco mais de confiança desde o começo, ainda fico nervosa de usar o martelo perto dos meus dedos.

— Dar aulas. Dizer aos outros o que fazer.

Abaixo o martelo devagar e me viro para ele, estreitando os olhos.

— Como você sabe que sou professora?

— Google. E nem adianta se achar; sei que você também me pesquisou.

— Até parece. — Bufo.

Ele ergue uma sobrancelha.

— Certo. Sim. Não que eu tenha descoberto muita coisa — resmungo. — Você é tão famoso por ser recluso quanto por ser artista.

— Obrigado.

— Não foi um... — Bufo. — Deixa pra lá.

Volto a erguer o martelo e o prego, mas, quando estou prestes a bater, ele se aproxima, voltando a mover minha mão ligeiramente para a esquerda.

— Marca logo pra mim — falo, exasperada.

Ele leva a mão à cabeça, pega um pedaço de carvão que parece estar quase sempre atrás da orelha e faz um pequeno X no ponto certo.

— Vou pegar uma cerveja. Quer também?

— Claro, combina muito com marcenaria.

— Faz uma pausa, então. Vai chover de novo.

Ergo os olhos, e vejo que o céu está mesmo escurecendo. Tem chovido bastante nos últimos dias, em especial à noite, o que é exatamente o motivo de eu e Archer ainda não termos retomado nossa disputa pelo terraço. A chuva cuida de regar as buzzes *e* impede que ele leve o cavalete lá para cima.

— Tem razão, mas... ei! — reclamo ao vê-lo indo na direção da minha porta em vez de voltar para a casa dele. — Se está procurando cerveja, não vai encontrar aí. E, só para constar, você está se sentindo à vontade demais!

Ele já entrou. Reviro os olhos e o sigo.

Passamos os últimos dias construindo a estufa na parte da frente do meu pátio e, embora Archer não pareça ter exagerado seu conhecimento, com certeza superestimei o meu. Custa admitir, mas inteligência acadêmica não quer dizer saber construir coisas com as mãos.

E, para ser justa...

Não diria que Archer está sendo *paciente*, mas tem sido menos grosseiro do que ele sabe ser.

Talvez porque tenha interpretado nosso projeto conjunto como um convite para se sentir em casa: já usou minha geladeira, meu banheiro e até minha TV para ver o jogo de futebol americano da universidade dele.

— Ei. Estou falando sério — digo, entrando logo atrás. — Pode tomar vinho, mas não tenho nenhuma...

Paro de repente ao encontrá-lo recostado na bancada da cozinha, já com uma cerveja na mão.

— De onde veio isso?

Ele aponta para a geladeira.

— Trouxe hoje cedo. Lillian me deu a chave uns anos atrás.

— Eu... como assim? Onde eu estava?!

— Sei lá — ele responde. — No banho, acho.

Fico olhando para a cara dele.

— Não somos tão próximos para ter esse tipo de relação de vizinhança.

Em vez de responder, ele pega um livro da bancada: *O guia completo de astrologia para iniciantes.*

— Mas próximos o bastante para eu saber sobre isso agora — pontua, balançando o livro antes de jogá-lo de volta na bancada. É um calhamaço, como todos os meus livros de astrologia, e faz um som alto ao bater.

Franzo o nariz, hesitante, enquanto Archer estende o braço para trás, abre a geladeira e tira outra cerveja. Ele arranca a tampa e a estende para mim por cima da bancada.

Olho para a bebida, depois para o relógio. Não sou fã de cerveja. E ainda é apenas uma da tarde, mas...

Dou de ombros e tomo um gole hesitante, mas não desagradável.

— E aí? — Archer bate no livro de astrologia. — Qual é a história aqui? Se sou famoso por ser recluso, *você* é famosa por ser inteligente. E lógica. Até achei um vídeo seu criticando essas coisas.

Tomo mais um gole da cerveja.

— Sua pesquisa foi *bem* minuciosa.

Ele dá de ombros e desvia o olhar.

— A minha também foi — falo, apoiando os cotovelos na bancada. — Você pode ser solitário, mas isso só alimentou a curiosidade. E os rumores.

Ele resmunga e bebe mais um pouco, sem me encarar.

— Por exemplo — continuo, começando a contar nos dedos. — Sei que sua carreira começou modesta, com carvão, mas teve um estouro recente com uma série de Tóquio feita com tinta acrílica. Muito estardalhaço, blá-blá-blá. Mas, antes de entrar para o mundo da arte, você estudou direito. Essa parte é interessante. Ah, mas não tão interessante quanto seu noivado de grande repercussão com Willow Dunn, que foi cancelado *poucos dias* antes do casamento.

— Para alguém que dizem ser inteligente, você curte uma fofoca de celebridade.

— Ahá! — aponto para ele. — Então você admite que é uma celebridade.

— *Willow* era a celebridade — ele pontua, tenso. — Eu gosto de ser deixado em paz.

— Então por que quis se casar com uma atriz? Não é bem uma escolha anônima.

— Eu a conheci no Getty, quando estava em Los Angeles. Ela era gata — acrescenta depois de um momento.

— Você a pediu em casamento porque ela era bonita? E por que vocês cancelaram? — Não consigo evitar a pergunta. — Ninguém parece saber o motivo.

— Nem todos os detalhes são para consumo público, dra. Reed. Você deveria saber disso melhor que ninguém.

Estreito os olhos.

— Como assim?

— Bom. Alguém criou uma página bem completa sobre você na Wikipédia, mas não fala nada sobre... — Ele aponta com o polegar para a pilha de livros de astrologia na minha bancada.

— É, bom — murmuro, passando o dedo pela lombada de *Além do zodíaco*. — Não sei se minha reputação aguentaria outro golpe.

— Outro golpe? Qual foi o primeiro?

— A Nova negou minha candidatura de titularidade. Deve ser apenas uma questão de tempo até esse detalhe parar na Wikipédia.

Archer parece cético.

— É interessante o suficiente para a Wikipédia?

Um riso surpreso me escapa.

— A maioria das pessoas diz que sente muito quando comento que minha carreira foi por água abaixo.

Ele olha para mim por um longo minuto, depois para a pilha de astrologia.

— Então, o que o horóscopo tem a ver com tudo isso?

— Estou de licença por um ano. Não foi ideia minha. Minha melhor amiga sugeriu que eu fizesse uma espécie de *Comer, rezar, amar*. Meio que largar tudo e fazer uma loucura. É um livro...

— Conheço.

Pisco.

— Jura? Enfim. Eu precisava de um... recomeço, acho. Uma pausa. Uma mudança. Sei lá.

Seu polegar cutuca o canto do rótulo da garrafa de cerveja enquanto me observa, depois ele se endireita e acena com a cabeça.

— Entendo.

— Sério?

— Bom, não a parte da astrologia. Acho tudo isso meio... enfim, não importa o que acho. Mas às vezes você tem que confiar nos seus instintos. Fazer as coisas do seu jeito.

Agradavelmente surpresa por sua abertura, sorrio.

— Quer dizer que vai me deixar ler seu mapa astral?

— De jeito nenhum.

— Deixa, vai — imploro. — Tenho que praticar. Só preciso da data, do horário e do local do seu nascimento.

— Ah, claro. É só eu correr ali em casa e pegar minha certidão de nascimento. Quer minha identidade também? Passaporte? CPF?

— Já entendi. — Ergo a mão. — Você não quer ser gentil e prestativo.

— Estou ajudando a mulher mais desajeitada do mundo a

construir uma estufa. Minha paciência prestativa tem limites. — Ele folheia outro dos meus livros de astrologia, o que fala de trânsitos planetários.

Eu o observo por um momento.

— Ainda está a fim da Willow? É por isso que falar dela te deixa tão irritado?

Ele nem ergue os olhos.

— Provavelmente não — continuo. — Li num daqueles sites lotados de anúncios que você estava saindo com uma... esqueci. Assessora? Agente? Uma pessoa de Hollywood.

— Seu horóscopo falou alguma coisa sobre me irritar hoje? — ele pergunta. — Porque ele pode estar certo.

— Não — respondo sem me ofender, porque parece que estou me acostumando com ele. — Mas eu deveria usar um momento de espontaneidade experimental, o que é *inédito*, diga-se de passagem, para deixar de adiar uma ligação que preciso fazer.

Seus olhos azuis se voltam para mim.

— Deixa eu adivinhar. Você conseguiu encontrar um momento e uma possível ligação que se encaixam no horóscopo?

— Sim. *Isto* é inédito, aliás — comento, erguendo a garrafa de cerveja e a apontando para ele. — Não tenho o hábito de beber nas tardes de quarta, muito menos cerveja.

— E a ligação?

Dou um gole e ergo os olhos para o teto enquanto bebo, só para não precisar encará-lo.

Ele ri baixo.

— Ah. Um cara.

Continuo em silêncio, e ele balança a cabeça.

— Qual é, Randy. Você já se meteu na minha vida amorosa. Vamos ficar quites.

Mordo o lábio, pensando que talvez uma perspectiva masculina não seja a pior coisa do mundo, mesmo que venha da pior *fonte* possível.

— Conheci um cara algumas semanas atrás. Christian. Ele meio que salvou minha vida.

— Ai, caramba — Archer murmura, exasperado.

— Não, é sério! Ele me puxou da rua bem na hora que um carro passou no sinal vermelho e quase me atropelou.

— Deve ter sido difícil para ele. Do alto de um cavalo branco, com toda aquela armadura.

— Pode zoar à vontade, mas rolou um momento. Um clima. Mútuo — acrescento antes que ele possa dizer que foi coisa da minha cabeça. — Ele me deu o cartão e disse que eu deveria ligar. — Vou até a gaveta onde guardei o cartão e o tiro para provar.

— Bom, é mais promissor do que eu esperava. Achei que você só estivesse esperando o vento trazer o cara de volta para você.

Lanço um olhar fulminante.

Archer bate o polegar no canto do cartão.

— Por que não ligou, então? É porque só de falar *sobre* ele sua voz ficou toda derretida e irritante? Deus nos livre do que vai acontecer quando você falar *com* ele de verdade.

— Obrigada. Isso foi *tão* encorajador.

— Não sou exatamente conhecido pelos meus discursos motivacionais.

— Que surpresa.

Ele pega o cartão. Examina. Depois me devolve.

— Só liga logo de uma vez.

— Não consigo... apenas não *consigo*. Essas coisas precisam de planejamento.

— Não precisam, não.

— Mas... *ei!*

Archer pega meu celular da bancada, o segura na frente do

meu rosto para desbloquear com o reconhecimento facial e o afasta de mim enquanto digita o número que está no cartão de Christian.

Coloca o celular na minha orelha, e tenho uma fração de segundo para sentir seu cheiro tentador e misterioso antes de o telefone começar a chamar.

— Caramba, Archer, não quero... Christian! — falo um pouco alto demais quando ele atende no segundo toque. — Olá. Oi. Olá. Aqui é a dra. Miranda Reed.

— *Sutil* — murmura Archer.

Lanço um olhar fulminante para ele.

— Dra. Reed! — Christian exclama. — Como você não ligou, comecei a achar que eu tinha ido com muita sede ao pote...

— Imagina. Eu só estava...

Esperando meu horóscopo me autorizar.

— Eu só estava... — gaguejo. — Pensando.

Archer balança a cabeça com um suspiro, pega a cerveja no balcão e me dá um tapinha na bunda com a outra mão.

— O que foi isso? — sussurro, cobrindo o celular com a mão.

— É o máximo de discurso motivacional que você vai receber de mim — ele murmura. — Acredite, você está precisando.

TEMPORADA DE LIBRA

O Sol está em Libra, e você vai sentir isso de maneira intensa hoje, querida geminiana. A temporada de Libra é ótima para construir relacionamentos, e hoje você vai iniciar um que terá um impacto duradouro.

Christian quer me ver.

Eba!

Como candidata a professora particular de sua filha.

Eba?

Quando contei para Daphne sobre a conversa, ela pareceu desapontada por mim. E com certa razão. Seria mais emocionante se ele tivesse me chamado para um drinque? Um jantar? Ou até que a morte nos separe?

Brincadeira.

Mas nem tanto.

Quanto mais penso, porém, mais gosto de como a conversa se desenrolou. Gosto que Christian pareça valorizar meu cérebro e minha área de estudo. A maioria dos homens para de prestar atenção assim que menciono o Big Bang, e isso incluía até Daniel.

E o fato de ele confiar em mim o suficiente para me apresentar à filha? É romântico, de certa forma. Ou pelo menos é o que venho repetindo para mim mesma nas últimas semanas.

Quando liguei para ele, Christian estava embarcando para uma viagem de trabalho em Londres, e na semana seguinte sua filha ia para Orlando visitar os avós maternos.

Hoje é o primeiro dia em que nós três podíamos nos encontrar, e estou empolgada.

Certo, admito, estou tão nervosa que quase vomitei enquanto escovava os dentes de manhã.

O que é *ridículo.*

Sou uma mulher de trinta e um anos, acostumada a falar diante de centenas de pessoas, nem me abalo mais ao aparecer ao vivo em rede nacional para comentar eclipses lunares.

Mas, por algum motivo, um empresário simpático e sua filha de nove anos me fazem entrar em parafuso.

É que... tenho a sensação esquisita de que meu horóscopo estava certo sobre esse encontro com Christian. Que ele é importante. E logo hoje, justo no dia em que vamos nos encontrar, o horóscopo diz que vou começar um relacionamento com "impacto duradouro".

Mais estranho ainda é que a gente devia ter se encontrado *ontem*. Ontem, quando meu horóscopo não falava nada sobre um encontro importante. Precisei adiar por causa de um vazamento na lava-louças.

(Por acaso, o horóscopo de ontem mencionava uma emergência doméstica...)

Mesmo que eu não estivesse comprometida com a ideia de viver minha vida de acordo com o horóscopo da maneira mais pura e plena possível, o nível de coincidência é... alto demais.

Para acalmar o frio na barriga, estou me forçando a me concentrar mais no encontro com a Kylee do que com o Christian, e na ideia de dar aula particular para ela.

Embora lecionar sempre tenha sido meu objetivo, nunca nem cheguei a considerar aulas para crianças. Nem mesmo para adolescentes do ensino médio. O objetivo sempre foi ser a *dra.* Reed, sempre para universitários, sempre numa faculdade de prestígio...

Sei que isso me faz soar como uma criança precoce com tudo para se tornar uma adulta elitista insuportável. Estou tentando trabalhar essa parte.

Mas é que ensinar *crianças* nunca fez parte dos meus planos. E agora que essa semente foi plantada, não consigo parar de pensar nisso. A possibilidade de poder moldar uma mente jovem, de estimular seu entusiasmo pela física, me promete um tipo de satisfação bem diferente da que estou acostumada.

Pouco antes da hora marcada, dou uma última olhada pela cozinha para me certificar de que meus livros de astrologia estão bem escondidos. Por mais que eu esteja tentando abraçar o Projeto Horóscopo, não posso apresentar a uma criança o conceito de "você é de Escorpião", ou seja lá qual for o signo dela, antes que ela entenda que essa é uma constelação no hemisfério celestial sul, perto do centro da Via Láctea. Quero que compreenda o que *é* antes de decidir acreditar que isso influencia sua vida.

Claro, antes preciso ser contratada.

A campainha toca enquanto estou guardando numa gaveta o calendário lunar que eu estava mantendo na geladeira.

Abro a porta para pai e filha e...

Santo friozinho na barriga.

Ele está melhor do que eu lembrava. Muito melhor. E a conexão entre nossos olhares parece ainda mais intensa.

Um pouco desconcertada pela minha reação, me obrigo a voltar a atenção à sua filha.

Kylee é fofa, com seus olhos arregalados e sérios. Seu cabelo cacheado, escuro e comprido está preso num rabo de cavalo meio caído, os olhos azuis enormes e aparelho nos dentes.

— Oi! Você deve ser Kylee — digo, focando minha atenção nela de propósito para não ficar babando.

— Óbvio. Achou que *ele* era a Kylee? — pergunta, com a cabeça inclinada, mas sem nenhum tom de arrogância, apenas uma curiosidade sincera diante da obviedade.

Christian solta um suspiro baixo.

— Kylee.

Ela olha para cima. Pisca.

— Quê?

Sorrio para tranquilizar os dois de que não me ofendi e volto o olhar para o homem bonito à minha porta.

— Entrem. Muito obrigada por aceitarem remarcar de última hora.

Christian sorri de novo.

— Sem problema. A gente estava animado para conhecer *a* dra. Reed.

Levanto as sobrancelhas, e ele sorri, encontrando meus olhos.

— Fiz minha lição de casa.

— Ah, sim. Minha infame página da Wikipédia — falo com um suspiro. Nunca me incomodei em ser conhecida publicamente, mas agora que não estou mais sob os holofotes, é uma sensação estranhamente vulnerável saber que alguém pode descobrir mais sobre mim pela internet do que por mim mesma.

Claro, como fiz o mesmo tipo de pesquisa invasiva sobre Archer, não posso me incomodar tanto.

— Certo, como estou de licença agora, que tal deixarmos isso de dra. Reed de lado e me chamar só de Miranda? — peço, olhando para ele.

E é então que sinto. Algo acontece com meus cílios.

Acabaram de... *tremular*?

Ai, meu Deus. Estou flertando?

O revirar de olhos quase imperceptível de Kylee me informa que: a) sim, estou flertando; b) não estou fazendo isso muito bem; e c) essa claramente não é a primeira vez que uma mulher fica toda derretida na frente de seu pai.

— Então, você gosta de física, é? — pergunto, tentando recuperar a compostura.

A forma como os olhos dela se iluminam ao falar do assunto aquece um pouco meu coração, lembrando-me de uma Miranda que amava a física pelo que ela era, não como um possível caminho profissional.

— *Muito* — ela responde. — Mas o programa de ciências da escola é uma merda. Uma porcaria — ela se corrige rapidamente após um olhar de Christian. — A única coisa que a gente aprendeu foram os planetas do sistema solar.

— Como se fosse o único — resmungo.

— Pois é! — Sua voz é cheia de entusiasmo, o que me faz sentir que vamos nos dar muito bem. — Minha professora nem sabia o que eu queria dizer quando perguntei sobre os braços espirais!

Christian pisca uma vez, e sorrio para ele.

— Coisa da Via Láctea.

— Ah. Adoro farinha láctea! Eu sei, eu sei — ele diz, fazendo um gesto com as mãos para acalmar a indignação de Kylee. — Chega de piadas de tiozão.

— Ele conta muitas — Kylee comenta.

Não me incomodo.

— Então, tem algo específico que você queira aprender? — pergunto.

— Bom. — Kylee aperta o rabo de cavalo. — Pesquisei na internet o currículo do seu curso on-line “O Universo”. Parece um bom lugar para começar.

— Filha, a doutora... Miranda dá aula para universitários. Acho que...

— Não, não, Kylee está certa — interrompo, sorrindo. — É um ótimo lugar para começar.

Por mais inteligente que Kylee pareça ser, é provável que eu precise adaptar os livros para algo mais apropriado à sua idade, talvez simplificando um pouco o conteúdo. Mas não há motivo para não estruturar o plano de aulas da mesma maneira.

— E quantos dias por semana você está pensando? — pergunto, dirigindo a pergunta para Christian, na esperança de que meu contato visual pareça normal e não apaixonado.

— Cinco dias — Kylee responde na hora.

Ele lança um olhar incisivo para ela.

— Você tem futebol às segunda e quartas, lembra?

A caretinha que ela faz mostra que lembra sim, mas estava torcendo para *ele* ter esquecido.

O olhar de Christian se volta para o meu, antes de erguer os olhos por um breve segundo, como um bom pai exasperado, mas amoroso.

— E suas terças e quintas, como são? — ele pergunta.

— Livres. A licença, lembra?

— O que é isso? — Kylee pergunta.

É o que acontece quando sua vida inteira implode.

— É uma das vantagens da vida de professora universitária — explico, contando uma meia-verdade. — A intenção é dar uma pausa da sala de aula e da rotina universitária para explorar novas ideias.

— Que ideias você está explorando?

— Hum. — Penso na pilha crescente de livros escondida no armário. — Coisas de estrelas?

— Ela está simplificando para você, pai — Kylee pontua, dando um tapinha reconfortante no braço dele.

— Obrigado por isso — Christian diz, e o jeito como os cantos de seus olhos se enrugam me deixa um pouco mais derretida. — Tardes? Fins de semana? O que funciona melhor?

— Qualquer um funciona para mim — respondo. — O que for melhor para sua rotina. Ou da sua ex-esposa, se for ela quem vai trazer a Kylee.

Faço uma careta mental diante da minha curiosidade descarada.

— Eles nunca se casaram. Meu pai e minha mãe ficaram na faculdade. Fui um acidente — Kylee anuncia com uma naturalidade que deixa claro que não tem nenhum problema com isso.

Christian revira os olhos, mas com bom humor.

— As manhãs são um pouco complicadas para mim, mas costumo ter um horário flexível no fim da tarde.

— Ele passa *muito* tempo no telefone — Kylee intervém, fazendo uma imitação exagerada de alguém em uma chamada.

— Valeu, Ky — ele diz, lançando um olhar para ela.

— Que tal às quatro da tarde? — pergunto.

— Quatro é ótimo — Kylee afirma, agarrando a oportunidade como se tivesse medo de que ela escapasse. — Certo, pai?

O jeito como Christian olha para a menina me faz pensar que ele está na palma da mão da filha, mas longe de ele reclamar.

— Certo. Posso te deixar aqui às quatro. Quanto tempo costumam durar essas aulas particulares? Uma hora?

— Não faço ideia, mas vamos deixar duas. Se a Kylee topar — comento.

Kylee concorda com entusiasmo, mas, antes que possa falar, ouve-se uma batida brusca na porta. E, antes que eu possa atender, a porta se abre, e meu vizinho antipático aparece.

— Ei, Randy, você regou o manjericão de novo? Já falei

que... — Archer para de falar ao perceber que não estou sozinha. — Ah. Oi.

— Olá — cumprimenta Kylee, com o que só pode ser descrito como um suspiro.

Ah, Kylee. Coitadinha. Se o tipo dela for o desgrenhado e impaciente Archer, ela tem um caminho difícil pela frente.

Faço as apresentações.

— Archer, esses são Christian e Kylee Hughes. Christian, Kylee, esse é meu vizinho, Archer. Que não bate na porta.

— Eu bati — ele afirma, franzindo a testa. — Não ouviu?

— A Miranda vai me dar aula particular! — Kylee exclama, a voz de repente alta demais.

— Ah, é? Tomara que não seja de botânica. Ela é péssima nisso — Archer responde, dando uma piscadinha para Kylee.

— Eu e o Archer dividimos uma estufa — explico para Christian.

Não acrescento que divido com *relutância*. Mas foi parte do acordo que fizemos por ele ter me ajudado na construção. É metade dele, embora eu não saiba por que fez tanta questão disso. Passa mais tempo criticando meu cuidado com as plantas do que qualquer outra coisa.

— Archer. *Adoro* esse nome — Kylee exclama, com os olhos brilhando para o artista rabugento que tanto me enche o saco.

As habilidades de flerte da coitada são quase tão ruins quanto as minhas.

— É o sobrenome dele — acrescento, embora não saiba por quê. — O nome dele é Simon.

Também aprendi isso pela Wikipédia.

Ele me lança um olhar fulminante.

Ah, sim, é por isso que comentei. Ele *odeia* o nome Simon.

— Uma estufa urbana. Que demais — Christian intervém. Ele coloca a mão na cabeça de Kylee. — Vamos, filha. Vamos deixar a Miranda retornar ao dia dela. — Ele volta o olhar para mim. — Se os valores que discutimos por mensagem estiverem bons, e não tivermos assustado você pessoalmente, quinta é um bom dia para começar?

— Perfeito. E muito obrigada pela oportunidade — acrescento rápido, sem estar pronta para deixar esse espécime perfeito sair antes de causar uma boa impressão. — Quero dizer, vai ser uma boa manter o foco no cosmos durante a licença.

Ai, meu Deus.

Pelo canto do olho, vejo os lábios de Archer se apertarem e serem sugados para dentro, como se estivesse segurando o riso.

Eu me despeço dos Hughes, conseguindo não dizer mais nenhuma bobagem constrangedora.

Archer espera até eu fechar a porta, então apoia um ombro nela, sorrindo de canto para mim.

— Então. Foi... interessante.

Resmungo.

— Foi tão ruim assim?

— Melhor que o telefonema. Um pouco. Só uma observação...

— Quê?

Ele leva a mão ao rosto, os dedos tocando o canto da boca.

— Aqui. Tem um pouco de baba.

Solto um resmungo e me viro para voltar à cozinha.

— Já que você é tão bom em entrar sem ser convidado, tenho certeza de que consegue sair sem ser convidado também — digo por sobre o ombro.

— E o nosso manjericão?

— Está ótimo. Pode voltar a ser um recluso estranho no seu ateliê estranho.

Na verdade, nem sei se o ateliê dele é estranho, só que a entrada é proibidíssima, como ele já me disse umas nove milhões de vezes, embora eu não tenha nem pisado em sua casa, muito menos em seu precioso ateliê.

Algumas pessoas têm educação.

— Vou tirar o dia de folga. Nem todo mundo precisa manter o foco no cosmos — ele diz.

Já estou no outro ambiente, mas estico a mão e mostro o dedo do meio num gesto pouco familiar, mas muito satisfatório.

Ouço sua risada, e a porta da frente se abre e se fecha mais uma vez.

Vou direto para o notebook e começo a pesquisar livros sobre astrologia e relacionamentos.

De repente, estou *muito* interessada em saber o que o Projeto Horóscopo vai significar para a minha vida amorosa.

TEMPORADA DE LIBRA

Hoje será um dia de contemplação tranquila. A Lua entra em Gêmeos à noite, levando você a encarar emoções que mantinha escondidas. Não lute contra a vontade inesperada de se abrir e não tente enfrentar tudo sozinha. Um ouvido atento aparecerá, talvez de onde você menos espera.

— Já cuidei delas — diz Archer, sem interromper o risco do carvão no cavalete.

Olho para o seu terraço, surpresa.

— Regou as buzzes?

Ele dá de ombros.

— Não achei que fosse subir aqui hoje.

— Jura? Lua no terceiro quarto em Gêmeos numa noite clara de outono? — Ergo os olhos. — Vivo para isso.

— É, mas também é sexta à noite, Randy. Normalmente, as pessoas aproveitam para ir ao centro da cidade, encontrar amigos. Dar uns pegas.

— Dar uns pegas? — repito, surpresa. — Precisa de uma carona para a moradia estudantil?

— Você entendeu o que eu quis dizer. Namorar. Transar.

Ele levanta as sobrancelhas ao dizer a última palavra, mas ignoro.

— Vi a menina ontem, toda saltitante na sua porta — diz Archer depois de um momento. — Parecia animada demais para alguém que está tendo aula de ciências depois da escola.

Sorrio.

— Ela me lembra de mim mesma nessa idade. Tivemos poucas aulas até agora, mas ela já está impaciente por não saber *tudo*.

— Eles não ensinam coisas sobre estrelas na escola?

— Até ensinam *coisas sobre estrelas*, mas só o básico: que a Terra gira em torno do Sol, os nomes dos planetas, que o nosso sistema solar é um entre bilhões. Não chegam nas partes *realmente* boas.

— Você nunca quis dar aulas para crianças? Da idade de Kylee? Ou foram sempre universitários?

Inclino a cabeça, observando-o.

— Você está bem conversador hoje.

— Estou entediado — ele explica e, embora o tom combine com a resposta, começo a pensar que estou conhecendo esse homem melhor do que imaginava, porque não acho que essa seja bem a verdade. Não acho que Simon Archer seja tão indiferente às pessoas ao seu redor como tenta parecer. E tenho a impressão de que, hoje, ele está querendo se distrair dos próprios pensamentos.

— Sempre foram universitários. Sempre me imaginei como professora universitária — respondo, decidindo lhe oferecer a distração. — Mas estou surpresa com o quanto estou gostando de dar aulas para Kylee. É revigorante compartilhar conhecimento com alguém tão interessado no assunto em si, e não na média ponderada. Ela só quer saber como o céu é *maravilhoso*.

Ergo a cabeça e olho para essa maravilha.

— E isso também *me* ajuda. Quando a gente está num auditório, às vezes esquece o espanto de como o universo é grande, como somos pequenininhos. E, quanto mais você aprende, mais percebe o quanto ainda não sabe. A busca por conhecimento vira quase um vício. — Dou uma risadinha quando me dou conta de que estou praticamente tagarelando. — Você tinha razão naquela primeira noite. Sou *mesmo* barulhenta.

— Hum. Acho que estou me acostumando — comenta ele, um pouco distraído, já que, como sempre, a maior parte da atenção está voltada para o cavalete.

Endireito a postura e faço minha melhor expressão de professora autoritária.

— Acho que já passou da hora de dar uma espiada na sua tela.

— Passou, é?

— Sim — respondo. — Não que eu nunca tenha visto seus trabalhos. Os que você vende.

Isso chama sua atenção. Ele me olha, contrariado.

— Quando?

— Relaxa. Não invado sua casa como você faz com a minha. Mas saíram alguns artigos sobre os leilões das suas obras.

Ele continua me olhando, mas não diz nada.

— Você é muito bom. — Coloco o regador sobre a mesa e puxo uma das cadeiras de ferro para me sentar. Trouxe alguns móveis do jardim para cá, já que, embora as noites ao ar livre no quintal tenham acabado, gosto de pensar que noites no terraço são uma experiência para o ano todo.

— Não adianta bajular — ele resmunga. — Você não vai ver este cavalete. Já falei — ele declara, girando o carvão entre os dedos. — O que faço aqui em cima é só para mim.

— Você prefere? — pergunto. — O carvão em vez da tinta?

Parece que ele decide que meu *barulho* o irrita sim porque, em vez de responder, deixa o carvão no pratinho lascado que mantém sobre o banco e atravessa o terraço, entrando no sobrado.

Pisco. É grosseiro até para os padrões dele.

E me surpreende um pouco a decepção que sinto por ficar sozinha no terraço. Não faz muito tempo, eu me irritava por ter minha solidão interrompida pelo retorno de Archer das suas viagens. Mas, em algum momento, acho que comecei a gostar dessas conversas estranhas com um dos humanos mais desconcertantes que já conheci.

Eu me ajeito na cadeira e tento trazer de volta a Miranda de alguns meses atrás, que adorava o silêncio tranquilo. Antes de conseguir encontrá-la, a porta do terraço de Archer volta a se abrir, e ele reaparece.

Fico surpresa quando, em vez de voltar ao seu canto habitual, ele atravessa direto e dá um passo largo para passar por cima do pequeno vão que separa os nossos terraços.

É a primeira vez que isso acontece. O vão não chega a trinta centímetros, mas sempre representou uma divisão importante, e nunca havíamos cruzado essa linha, até agora.

Estou tentando entender como me sinto a respeito quando, sem cerimônia, Archer coloca uma garrafa e dois potes de conserva sobre a mesa. Puxa a segunda cadeira ao meu lado e serve um pouco da garrafa em cada pote.

Ergue um dos recipientes, brinda com o outro e o empurra para mim.

— Saúde, Randy.

Pego o potinho e dou uma cheirada, fazendo uma careta.

— O que é isso?

— Michter's.

Pisco.

— De centeio.

Pisco de novo.

Ele balança a cabeça.

— Uísque.

— Não bebo uísque.

— Hoje bebe — ele afirma, se acomodando na cadeira e tomando um gole do próprio copo.

Dou um golinho minúsculo e não fico surpresa ao descobrir que arde um pouco.

Mas fico um *pouco* surpresa ao perceber que o segundo golinho desce um pouco melhor. E o terceiro... é quase agradável.

— Vai devagar — ele diz sem olhar na minha direção. Ele se afunda na cadeira para poder inclinar a cabeça para trás. — Essas cadeiras são horríveis.

— São mesmo — concordo. — Ainda mais para observar as estrelas. Lillian disse que eu podia trocar o que quisesse, mas acabei não trocando.

Ele não responde, claro, mas o silêncio não é desagradável. Muito pelo contrário. Fico surpresa quando é ele quem o quebra.

— Sente falta de dar aulas — Archer pontua, balançando o pote na mão.

— É uma pergunta ou...

Ele dá de ombros.

— Não precisava perguntar. É óbvio pela maneira como você fica falando e falando.

Mas, quando se vira para mim, seu olhar não combina com o tom exasperado. É penetrante, perceptivo até demais. Desvio os olhos rapidamente para a bebida.

— Sinto sim — admito depois de um momento.

— Mas?

Respiro fundo, surpresa ao perceber que *existe* um *mas*.

— Achei que sentiria *mais* falta. Quer dizer... achei que sentiria mais falta do restante. As pessoas de fora do meio acadêmico não se dão conta de que dar aulas é só uma parte pequena do que a gente faz. Tem todas essas outras... chatices. Todo mundo se esforça para fingir que é tudo pela ciência, quando, na verdade, pelo menos metade da sua energia se dedica a ficar de olho no que os outros estão fazendo e cuidar da própria imagem...

— É por isso que você faz todas aquelas aparições e entrevistas na TV? Permite que você ensine sem toda a parte de professora esnobe?

— Isso é... — *Hum.* — Muito perspicaz. E sim, acho que sim, mas era por minha conta e risco.

— Por quê?

— Sei lá. — Dou mais um gole do uísque. — Foi por causa da minha atenção às coisas "não esnobes" que me negaram a titularidade.

— Jura?

Viro para encará-lo.

— Sim. Por quê? Achou que tinha sido por outro motivo?

— Não. — Ele sustenta meu olhar. — Achei que *você* achasse que tinha sido outro motivo.

Respiro fundo, percebendo só agora que ele tem razão. Que havia um pensamento incômodo me rondando desde que a dra. Kowalski me deu a notícia em abril.

Solto o ar.

— E se... e se acharam que não era isso que eu queria?

Ele continua a me encarar.

— Era?

— Sim — respondo de maneira automática. — Venho de uma longa linhagem de professores titulares respeitados. Sempre foi o que eu quis.

Ele encosta a língua dentro da bochecha antes de tomar mais um gole da bebida.

— Então. O que vem agora? Você faz essa história de horóscopo por um ano. Dá um tempo da vida no campus, de ser cientista, e depois apenas... volta? Para uma vida de que não gostava?

— Nunca disse que não gostava.

Ele ergue uma sobrancelha. *Não?*

— Vamos mudar de assunto. — Minha voz sai perceptivelmente tensa e irritada.

— Claro. E o Papai Bonitão?

— Como é?

— O pai da menina? O cara perto de quem você mal consegue formar uma frase. É o seu príncipe encantado, certo?

— Christian — falo, e minha voz sai mesmo apaixonada, como o de uma pré-adolescente falando do primeiro crush.

— Ai, pelo amor — ele murmura.

— Na verdade... — Franzo a testa. — Quase não vejo o Christian. Ele nem sai do carro quando deixa a Kylee.

— Você está desapontada.

— E você está fazendo aquilo de novo — digo, exasperada. — Aquilo de perguntar-sem-perguntar. Certo, chega de falar da minha carreira *ou* da minha vida amorosa.

— Que vida amorosa? — ele pergunta sem maldade.

— Essa doeu — respondo sem me ofender.

Ele sorri e se afunda um pouco mais na cadeira para poder olhar para cima.

— Me ensina alguma coisa.

— Como assim?

Ele aponta para o céu com o copo.

— Sobre o céu.

— Hum, é um tema vasto.

— Tá. Me conta sobre como você se sente em relação à lua.

— Não sinto nada em relação à lua — digo mecanicamente.

Ele suspira.

— Randy. Tá bom, então. Me conta algo *empírico* sobre a lua.

— Esse também é um tema vasto.

Ele me lança um olhar exasperado.

— Você é sempre tão difícil de conversar em encontros?

— Isto não é um encontro.

— Não mesmo.

— Mas sim — admito. — Eu teorizaria que sou difícil em encontros.

— *Teorizaria.*

— Bom, não tenho muitos dados recentes sobre isso.

— Já tentou? — ele pergunta.

— Coletar dados?

— *Ter encontros*, Randy — Archer responde com exasperação. — Sabe... se abrir a novas experiências.

Suspiro.

— Vamos só... voltar a falar sobre a lua.

Ele olha para o céu.

— Por mim, tudo bem.

Dou outro gole de uísque, percebendo que estou gostando bastante da bebida.

— Quer que eu fale como uma astrônoma de longa data ou uma astróloga relutante em formação?

— Me surpreenda.

— Bom. A astrônoma em mim explicaria que a Lua está no estágio final de seu ciclo. Hoje, ela está a 270 graus do Sol. Vemos metade da Lua durante essa fase, sempre o lado direito, voltado para o Sol. Isso resulta numa maré de quadratura.

— Maré de quê?

Sorrio, um pouco surpresa com a sensação boa de relembrar e compartilhar esse conhecimento. Não é algo que costumo ensinar nas aulas.

— É quando a diferença entre a maré alta e a maré baixa fica menor.

Archer não responde, mas algo me diz que ele não só está ouvindo, como prestando atenção.

— Agora, sobre o que isso significaria para nós, humanos, segundo a astrologia? — continuo, mais relutante, já que esse assunto ainda é novo para mim. — A lua no terceiro quarto seria um momento em que deveríamos... refletir. Ou sei lá.

— Deixar para trás — Archer afirma, segurando o copo com as duas mãos.

— Deixar para trás? — repito.

Ele se ajeita na cadeira desconfortável.

— O último quarto do ciclo lunar. É sobre reflexão, sim, mas também sobre libertação. Deixar para trás o que não está mais dando certo, mesmo que seja só um jeito de pensar.

Fico olhando para ele.

— Nossa, Simon Archer. Você é uma *caixinha de surpresas.*

Ele me lança um olhar de advertência, e sorrio, mas decido não provocar mais.

— Já manteve um diário, Randy? — ele pergunta, depois de alguns minutos de silêncio.

— Até pouco tempo atrás, não — respondo, surpresa com a pergunta. — Estou monitorando todas as coisas do horóscopo, mas tento fazer de um jeito mais acadêmico em vez de, sabe... *querido diário*. Por quê?

Ele aponta com o queixo para o cavalete no terraço.

— Esses desenhos ao luar. São... sabe?

— São o seu diário — digo, entendendo.

— Acho que sim. Só que com imagens em vez de palavras.

— Isso explica por que não me deixa ver — reflito enquanto a ficha cai. — Entendo.

Ele faz um som abafado que talvez seja um obrigado.

— Você prefere? — pergunto, mudando de posição para olhá-lo melhor. — Esses desenhos aqui em cima, em comparação com as obras que vende?

Ele dá um gole, parecendo deixar o uísque repousar na língua antes de engolir.

— Talvez. Mas ninguém quer comprar desenhos a carvão feitos à luz da lua.

— Mas as outras coisas que você pinta... Vendem bem?

— Telas em acrílico — ele explica. — Pinto principalmente com tinta acrílica e... sim. Me viro bem.

— Suas obras são muito bonitas — afirmo. — Mesmo tendo visto só pela internet, são bem... vívidas.

Ele levanta um ombro e volto a me acomodar, olhando para cima, pois sinto que Archer não vai se abrir mais, se é que dá para falar assim. Ainda parece um progresso, embora eu não faça ideia rumo a quê.

Depois de um tempo, começo a me sentir sonolenta e confortável, apesar da cadeira dura comprometer bastante essa parte, até que enfim me levanto, pronta para me recolher.

— Obrigada por isso — agradeço, erguendo meu copo vazio.

Ele acena.

Pego o regador e o seguro junto ao peito. E, como o uísque afrouxou um pouco meus pensamentos e minha língua, olho para Archer.

— Meu horóscopo previu isso, sabia?

— Uísque de centeio num pote de conserva?

Rio um pouco.

— Não. Uma conexão inesperada. E devo dizer que não imaginei que fosse com você.

O canto da boca dele se ergue.

— Queria que fosse com o pai da menina?

— Talvez — admito. — Mas isso aqui também não foi

nada mal. Por quê? Você estava torcendo para que eu fosse... como era mesmo o nome da assessora?

— Agente. Ela é uma agente.

— Ahá! Então ela existe.

Ele suspira.

— Existe uma mulher com quem eu tinha um acordo.

Olho para ele.

— Você poderia, por favor, ser mais vago?

Como era de se esperar, ele teima em ficar em silêncio.

— Certo, bom. — Dou um tapinha amigável no ombro dele ao passar. — Vamos considerar isso um avanço na conversa.

— Não — ele diz um pouco seco bem quando estou prestes a abrir a porta.

— Não o quê? — pergunto.

— Não. Não estava torcendo para que você fosse ela.

Sorrio enquanto desço a escada. Vindo de Simon Archer, é um grande elogio.

TEMPORADA DE LIBRA

Mercúrio está em Libra hoje e, como é o seu planeta regente, você sentirá os efeitos. Prepare-se para um feliz acidente, um erro que a princípio parecerá desconfortável, mas será necessário para o seu crescimento e progresso. Resista à tentação de escolher a saída mais fácil, querida geminiana. Um pouco de risco e exploração vai lhe fazer bem.

— Prontinho — digo, trazendo com cuidado duas canecas até a mesa da cozinha, onde minha aluna me espera. — Dois chocolates quentes com marshmallows extras e meu ingrediente especial: uma pitadinha de canela.

Kylee pesca um marshmallow de imediato, o coloca na boca e me entrega um papel enquanto me sento na cadeira de sempre, à sua frente.

— O que é isso?

— Vamos ver — falo, pegando o papel. Quase não consigo esconder a careta quando vejo o que ela estava olhando. — É um mapa astral. — Tento falar com naturalidade e certo desdém. Como se não valesse a pena entrar nesse assunto. Como se eu mesma não estivesse me culpando por ter deixado aquilo à mostra, em vez de guardado com as outras coisas de astrologia que escondo por duas horas toda terça e quinta, quando Kylee está aqui em casa.

— O que é um mapa astral? — ela pergunta, sem aceitar evasivas. Pega o papel de volta antes que eu consiga guardar, olhando para o mapa de uma forma que faz meu peito se apertar. Sua expressão é a mesma que vejo quando um dos meus alunos, ou melhor, ex-alunos, se depara com algum conceito particularmente fascinante de entrelaçamento quântico.

Mas não é ciência avançada o que chamou a atenção de Kylee. É uma crença antiga, mais de uma vez refutada pela ciência. Meu primeiro impulso é assumir o tom firme de professora, tomar o papel de volta e redirecionar o foco dela.

Mas uma memória vem à tona de quando eu tinha mais ou menos a idade de Kylee e fui enviada para um acampamento de verão de ciências em vez da casa da tia Lillian. Durante uma sessão de observação de estrelas, fiz um pedido, como Lillian tinha me ensinado.

Mas cometi o erro de falar em voz alta.

Uma monitora ouviu e tratou de explicar que estrelas cadentes não passavam de uma rochinha ou poeira atingindo a atmosfera da Terra, e que, a propósito, pedidos *não* se realizavam.

A emoção mais forte que senti naquele momento foi vergonha de me chamarem a atenção. Com as bochechas quentes de humilhação, me lembro claramente de decidir que, dali em diante, tomaria o cuidado de aprender sobre os fatos antes de abrir a boca.

Nunca mais fiz um pedido a uma estrela, a uma moeda num poço nem a uma vela de aniversário depois disso.

E me pergunto se essa não foi a verdadeira ferida causada por aquele momento. Não a vergonha do constrangimento que passou em um ou dois dias, mas a perda de uma sensação de fascínio, a destruição da possibilidade de haver algo mágico no mundo.

E percebo que não quero ser essa pessoa na vida de Kylee.

Meu horóscopo falou de um feliz acidente. É isso. E não vou escolher a saída mais fácil, abafando a magia com fatos frios. Fecho o livro da aula que tinha planejado hoje, sobre o Aglomerado de Coma, e me permito um salto no escuro.

— Esse é um mapa astral — explico, me aproximando para que possamos olhar juntas. — É um mapa astronômico do momento exato em que uma pessoa nasceu.

Ela estreita os olhos.

— É o momento em que *você* nasceu?

— É, sim. Estou tentando aprender a ler.

— Mas não tem palavras.

— Exato — declaro. — Mas está vendo todos esses símbolos pequenininhos? Cada um representa algo.

— Tipo o quê?

Passo a mão sobre o papel.

— Está vendo esse círculo ao redor dividido em doze partes? São as constelações, ou os signos do zodíaco. E *esses* símbolos pequenininhos — continuo — são os planetas.

Kylee aponta para o símbolo da lua crescente.

— Mas a lua não é um planeta.

Sorrio.

— Não segundo a definição da comunidade científica. A lua não é um planeta de acordo com a *astronomia*. Mas, na *astrologia*, o sol e a lua são tratados como planetas. Na verdade, recebem o nome de luminares.

— Astrologia — Kylee repete, testando a palavra. — Tipo os horóscopos, né?

— Bom, na verdade, os horóscopos são apenas *parte* do estudo da astrologia. Por exemplo — explico —, sabe quando você fala sobre o *espaço* com alguém, e a pessoa só consegue citar os planetas do nosso sistema solar, como se isso fosse tudo?

Ela revira os olhos, com ar dramático.

— Sei *bem*.

— Bom, acho que é assim que os astrólogos se sentem em relação aos horóscopos. É só uma partezinha de um quebra-cabeça muito grande.

— Acha? — ela pergunta, erguendo os olhos arregalados de curiosidade. — Você não sabe?

— Bom, não sou astróloga. Estou mais para... hum. Sabe o que significa assistir a uma aula como ouvinte?

Ela faz que não.

— Às vezes, na universidade, você pode assistir a uma aula fora da sua área. Não recebe nota nem crédito acadêmico.

Ela faz uma careta enquanto sopra o vapor do chocolate quente.

— Qual é a graça, então?

— Também não entendia — admito, cutucando um marshmallow. — Mas é mais ou menos o que estou fazendo este ano. Sou uma ouvinte de astrologia. Tentando entender, mesmo não sendo o meu campo de estudo habitual.

Kylee pensa sobre isso, depois acena antes de voltar a se debruçar sobre meu mapa.

— O que significa cada planeta estar numa parte diferente do zodíaco?

Seu dedo se move num círculo, tocando um símbolo por vez.

— Bom, por exemplo, aqui está o símbolo do sol, e o sol está em Virgem. Isso quer dizer que, do ponto de vista de alguém aqui na Terra, o Sol estava passando na frente de Virgem no momento em que nasci.

— Está perto da linha — ela pontua, virando a cabeça para olhar mais de perto.

— Sim, está em Virgem por apenas um grau. Se fosse um *pouquinho* mais para o lado, meu signo solar seria Leão.

Ela sorri ao reconhecer.

— Sei tudo sobre signos. Sou de Leão. Três de agosto. Significa que sou intensa.

Sorrio.

— Muito provavelmente. Mas isso só quer dizer que, no seu mapa, o sol estaria mais ou menos aqui. — Aponto. — Mas, para entender o conjunto *todo*, a gente precisaria ver o resto do mapa. Em especial, o seu signo ascendente.

— O que é isso?

— Na astrologia, é o mais importante — explico, levantando as sobrancelhas de um jeito cômico.

Ela se inclina para a frente, muito mais empolgada com isso do que com a aula de ciências que deveríamos estar tendo. Sei que deveria me sentir culpada, mas me dá uma sensação gostosa alimentar esse tipo de pensamento criativo, em vez de abafá-lo.

Os fatos sempre vão estar lá. O deslumbre, a abertura para o fascínio, esses nem sempre.

— Então *qual* é o meu ascendente? — Kylee pergunta.

— Não sei. Precisaria do ano em que você nasceu, da cidade e do horário.

— Hum. — Ela morde o lábio, pensativa. — Eu teria que perguntar pros meus pais.

— Bom, eu teria o maior prazer em cuidar disso na próxima vez — falo, começando a guardar o mapa para voltar ao conteúdo pelo qual estou sendo paga para ensinar.

Mas ela estende a mão e puxa o papel de volta, ainda mordendo o lábio.

— Minha mãe é de Touro e meu pai é de Sagitário. É por isso que eles nunca se casaram.

Ai, Deus.

Dou um gole no meu chocolate quente, sabendo que estou entrando em águas potencialmente perigosas e que preciso agir com cautela.

— Por que você acha isso?

— Vi as tabelas nas revistas da minha amiga Emma — ela conta com simplicidade. — Touro e Capricórnio não são compatíveis. Mas meu padrasto é de Câncer, e é por isso que minha mãe é feliz com ele. — Como não respondo de imediato, ela ergue os olhos para mim. — Certo?

— Bom. — Dou mais um gole no chocolate quente, tentando imaginar como um astrólogo abordaria essa conversa. — A gente não pode esquecer que o mapa astral é feito de muito mais componentes do que apenas o signo solar. O que significa que somos compostos de muitos outros elementos além dos traços de personalidade associados ao nosso signo solar. Portanto, a compatibilidade depende de *muitos* aspectos diferentes, mesmo do ponto de vista da astrologia.

E a adulta responsável em mim não consegue deixar de acrescentar:

— O *mais* importante é que seu padrasto e sua mãe são felizes juntos. Independentemente do que dizem os mapas.

— Mas os mapas *dizem* alguma coisa — ela insiste. — Sobre compatibilidade amorosa, certo?

— Sim. Existe um ramo inteiro da astrologia dedicado a isso. Chama-se sinastria.

— Sinastria — Kylee testa a palavra. — Dá para saber se duas pessoas nasceram uma para a outra?

— Hum. Em teoria. Você está muito interessada nisso. Tem alguém em mente? — pergunto, imaginando se toda essa conversa vem de um crush em algum colega da escola.

Kylee faz um aceno muito solene.

— Sim. Quero encontrar uma namorada para o meu pai. O par perfeito para ele.

TEMPORADA DE LIBRA

A Lua nova está em Escorpião, querida geminiana, tornando este um momento ideal para aprender uma nova habilidade, talvez uma que você tenha adiado por medo de seguir um novo caminho. Mas tenha cuidado; teste seus novos conhecimentos em experiências menos arriscadas para aperfeiçoar suas habilidades para quando realmente importar...

Estou sentada à mesa da cozinha, estudando meus livros de astrologia, quando escuto a porta da frente se abrir. Não preciso nem erguer os olhos para saber que é Archer, que criou o hábito de passar aqui quando bem entende. O que, aliás, é sempre.

— Randy — ele diz a título de saudação enquanto vai direto à geladeira.

Solto o cabelo e massageio o couro cabeludo, que ficou o dia todo preso num rabo de cavalo apertado.

— Você fazia isso com a Lillian? — pergunto.

— O quê? — Ele tira uma vasilha de sobras da geladeira.

— Entrar sem ser convidado. Roubar a comida dela.

— Não ganho pontos por não beber direto da caixa? — ele pergunta, servindo suco num copo que pegou no armário.

— Mal consigo conter os aplausos.

— E você não respondeu à pergunta.

Ele tira a tampa do pote, cheira o conteúdo e coloca as sobras de frango à parmegiana no micro-ondas.

— Não sou muito bom em lembrar de fazer compras quando estou muito concentrado numa obra. Mas... — Archer dá três goles antes de continuar — ... como, até onde eu sei, sua tia vive à base de cigarros, xerez e ostras defumadas, não. Nunca roubei comida dela.

— Perguntei para ela sobre você — falo, me levantando para pegar uma taça de vinho no armário.

Ele tira o pinot grigio da geladeira e, sem dizer nada, enche minha taça, e fico um pouco surpresa por essa rotina ter passado a ser *natural*. Por chegar a ser uma rotina.

— A Lillian descreveu você como um "mistério encantador" — comento, mesmo sem ele perguntar. — Concordei na hora com a parte do mistério.

— Hum. — Ele pega uma taça de vinho para si, o que não faz parte da rotina. Em geral prefere cerveja, ou uísque de centeio, quando estamos no terraço.

— Ela disse que, anos atrás, chegou a conhecer sua noiva — revelo como quem não quer nada, mexendo a taça de vinho, observando o líquido girar.

Lillian também me contou que gostava bastante da quase esposa de Archer e que ficou decepcionada por não terem dado certo. O que ela *não* sabia era por que os dois não tinham dado certo.

E, pela cara fechada de Archer agora, acho que eu também não vou saber.

Ele tira a vasilha do micro-ondas.

— Quer?

— Não, obrigada. Pensando bem... Sim — respondo,

percebendo que já passou da hora do jantar e que, sim, estou com fome. Mas isso não me distrai do fato de que ele está servindo a *minha* comida. — Por que não busca alguma coisa? Ou pede delivery? — pergunto enquanto ele divide as sobras em dois pratos. — É muito melhor do que o que sei cozinhar.

Ele dá de ombros.

— Não sou exigente com comida quando estou trabalhando. É só combustível.

Levanto as sobrancelhas.

— E, mesmo assim, cultiva ervas frescas. Graças à minha estufa.

— *Nossa* estufa. — Ele me passa um prato.

— Certo, então por que *nós* cultivamos ervas se você não está nem aí para comida?

Ele fica em silêncio por um momento.

— Minha mãe adorava a horta dela. As ervas sempre foram seu maior orgulho.

— Você tem um pé de manjericão para se sentir mais próximo da sua mãe? — Faço uma pausa. — Acho que é a coisa mais fofa que já ouvi.

Ele aponta o garfo na minha direção.

— Se contar para alguém... — Ele passa o garfo na frente da garganta num gesto ameaçador.

Finjo trancar os lábios e jogar a chave fora.

— E isso tudo aí? — Archer pergunta, desta vez usando o garfo para apontar para os livros espalhados à minha frente. — Ainda nos trânsitos planetários?

— Uau. — Dou uma garfada de frango. — Você conseguiu falar isso sem nenhuma ironia.

Ele dá de ombros.

— As pessoas são livres para acreditar nas bobagens que quiserem. Desde que não afetem a minha vida, não tenho o menor problema com isso.

Archer está concentrado no frango, então o observo um pouco por cima da taça de vinho. Por mais blasé que seja seu tom, há uma tensão ali. Uma postura defensiva que vai além do simples sarcasmo habitual.

— Acho que enfim tenho uma noção dos trânsitos — assumo, com um pé atrás. — Uma noção astrológica, digo. Como astrônoma, entendo de trânsitos planetários desde sempre.

— Vou me arrepender de perguntar o que quer dizer com noção astrológica? — ele indaga com receio, tomando um gole de vinho.

— Sabe, dá pra ver que você não liga para essas coisas. Mas vive perguntando. Por quê? Culpa? Acha que precisa jogar conversa fora enquanto come toda a minha comida?

Ele dá de ombros.

— É só que você processa as coisas explicando para as pessoas. É, tipo... o seu jeito.

Fico olhando para a cara dele por um momento, um pouco desconcertada por como isso soa certeiro.

— Nunca tinha pensado nisso. Mas você tem toda razão.

— Eu sei. Então. Trânsitos?

— Certo. No nível mais básico, pela definição da NASA, é quando um planeta passa entre uma estrela e o observador. Se você vê Mercúrio passando na frente do Sol, isso é um trânsito.

— E no seu mundo?

Anos de condicionamento quase me fazem dizer que a NASA *é* o meu mundo, mas esse impulso já não é tão automático quanto algumas semanas antes.

— Na astrologia, também tem a ver com o movimento dos planetas, mas esse movimento tem um sentido. Determinado pela relação entre a posição atual dos planetas em comparação com a posição em que estavam quando você nasceu.

— Faço uma pausa. — Sabe? O mapa astral. Do qual preciso praticar a leitura.

Ele me lança um olhar sagaz.

— Nem vem.

— Por favor. É só me dar sua certidão de nascimento. Ou os dados de que preciso.

Já faz algumas semanas que estou implorando para Archer me deixar estudar seu mapa astral. Já fiz o da Daphne, da Lillian e da minha cunhada. Emily é um amor e não apenas ofereceu o dela como também prometeu não contar para o resto da família.

Mas, embora tenha sido ótimo praticar, quero ler o mapa de alguém que não conheço há anos. Alguém sobre quem eu não tenha tantas ideias formadas, para poder fazer uma leitura mais clara e objetiva.

Alguém com quem praticar antes de ler o mapa de quem eu realmente quero ver:

Christian Hughes.

Desde minha conversa com Kylee ontem, não consigo tirar da cabeça o conceito de compatibilidade astrológica.

Archer passa o último pedaço de frango no molho e o enfia na boca. Depois olha para o meu prato.

— Vai comer isso aí?

— Vou.

Ele resmunga e coloca o prato na lava-louças antes de ir até a mesa e pegar minha leitura mais recente.

— Sinastria?

— Astrologia dos relacionamentos — explico. — Em suma, os mapas astrais de duas pessoas são sobrepostos para criar um mapa de sinastria e ver como elas se afetam e se encaixam.

Seu maxilar se contrai, e ele larga o livro.

— Ou seja, bobagem.

Estou prestes a dar uma garfada, mas hesito diante da veemência em seu tom.

— Ponto sensível?

— Só não acho que o futuro de duas pessoas deva ser determinado por nada além da livre e espontânea vontade delas. Se duas pessoas se gostam, se fazem bem uma à outra, isso basta. Ou pelo menos deveria bastar.

— Tá. Agora quero mesmo ler seu mapa, porque acho que você é um romântico enrustido. Mas também teimoso. Taurino, talvez.

— Por que não foca sua atenção no Papai Bonitão?

Faço uma careta.

— *Por favor*, para de falar dele assim. É muito esquisito.

— Como é o nome dele mesmo? Chris?

— Christian.

— Você e *Christian* são compatíveis?

Percebo que estou cheia e passo meu prato para ele, afinal. Archer pega meu garfo e começa a comer o resto do meu jantar como se fosse a coisa mais natural do mundo.

— Não faço ideia. Não posso exatamente perguntar o aniversário dele, muito menos o horário de nascimento.

— Por que não? Vive me atormentando para saber o meu.

— Com você é diferente. — Gesticulo com a taça de vinho.

— Diferente como?

— Bom, você não salvou minha vida — falo com doçura, batendo os cílios.

— Por que não chama logo o cara para sair? Está na cara que ele curte esse seu jeitinho excêntrico. Ficou um tempão absurdo enrolando para buscar a Kylee no outro dia.

Estreito os olhos.

— Como você sabe disso?

— Porque enquanto vocês dois estavam falando sem parar

na sua varanda, a Kylee apareceu no meu quintal quando eu buscava a correspondência.

— Ah! Não percebi.

Archer bufa.

— Exato.

Roo a unha do polegar e o observo por um longo momento.

— Meu horóscopo disse que hoje é dia de uma experiência menos arriscada. Para treinar para uma mais arriscada.

— E daí?

Abaixo a mão.

— Acho que ler seu mapa é minha experiência menos arriscada. A de Christian é a mais.

Ele resmunga.

— E se eu prometer não falar uma palavra sobre isso para você? Você mesmo disse que não se incomoda com as crenças dos outros, desde que não afetem sua vida.

Archer solta um suspiro cansado.

— Falei mesmo. Mas a questão, Randy, é que, quando você ler meu mapa, mesmo que não diga nada, vai pensar coisas. E esses pensamentos vão me incomodar.

— Como é que meus *pensamentos* vão te incomodar?

— Tudo em você consegue me incomodar — ele resmunga, esvaziando a taça de vinho.

Ele também a coloca na lava-louças, depois se dirige à porta. Estendo a mão e seguro seu punho.

— Archer. *Por favor?*

Seus olhos azuis encontram os meus por um momento antes de se revirarem de maneira dramática e impaciente.

Em silêncio, ele solta o punho da minha mão, mas, em vez de sair e ignorar o pedido, pega uma caneta e um caderno na mesa. E escreve algo, depois os deixa na minha frente.

Além do ano de nascimento, ele anotou: 10/04, 16h11, Denver.

— Você sabe a hora exata do seu nascimento? — pergunto, surpresa. Não parece a cara dele. — De cabeça?

Archer dá de ombros.

— Uma das histórias favoritas da minha mãe era que queria ter forçado um pouco mais pra eu ter nascido às quatro e dez do dez do quatro.

— Ah. Bom, obrigada. De verdade.

Ele dá de ombros e se dirige à porta.

— De nada.

— Alguma chance de me dar também as informações do mapa da sua amiga misteriosa? — *Ou da sua ex-noiva, já que estamos falando* nisso...

— Não força, Randy — ele responde de saída.

Sorrio.

Mais tarde, com o regador na mão e encapotada para me proteger do frio da noite de outono, subo ao terraço, onde tenho a agradável surpresa de encontrar Archer no seu lugar de sempre, apesar do céu nublado e da lua crescente.

— Certo, sei que falei que não ia tocar no assunto, mas era mentira — revelo enquanto faço a rega noturna das buzzes. — Analisei nossos mapas de sinastria e sinto muito, mas não somos almas gêmeas. Seríamos um verdadeiro desastre em quase todos os aspectos, na verdade.

Ele solta um *hum* que pode ser tanto distração quanto desinteresse. Talvez um pouco dos dois.

Olho para ele.

— Foi devastação o que ouvi na sua voz?

Seus dentes brilham na escuridão, um sorriso que imagino ser involuntário.

— Só chateado por ter que devolver a aliança que carrego no bolso desde o dia em que te conheci.

Solto um suspiro dramático.

— E agora preciso queimar todos os cadernos em que escrevi *dra. Miranda Reed Archer.*

— Cobertos por corações, espero eu.

— Óbvio. — Sorrio.

Deixo o regador de lado e tiro o suéter, porque parece que vesti camadas demais, e ainda nem é inverno. Esse pensamento me faz perceber que, daqui a um mês, se não menos, vai estar frio demais para essas conversas no terraço. Tento não pensar nisso.

— Sinceramente — falo, ajustando os óculos tortos —, a leitura dos nossos mapas foi um ponto a favor da sinastria.

— Em que sentido?

— Ah, é bem óbvio que não fomos feitos para um envolvimento romântico, e os astros confirmam. Ponto para a astrologia.

— Por que é bem óbvio? — ele pergunta, me lançando um olhar curioso de verdade.

— Bom, pra começar, você tem uma namorada. Desculpa — acrescento rápido, porque ele dispara o olhar fulminante que sempre me lança quando deixo escapar essa palavra. — Você tem uma *pessoa* com quem se encontra quando estão na mesma cidade, o que não é muito frequente. Estou perto?

— Pode parar de tentar descobrir os detalhes, Randy. Não vai adiantar. — Ele se endireita e se espreguiça antes de se virar para mim. Coloca o carvão atrás da orelha. — Então, pronta para a jogada mais arriscada agora?

— Hum?

— Você comentou que meu mapa era a prática menos arriscada antes de partir para o que importa mesmo. Vai pedir as informações do Christian agora?

— Então, na verdade... — Olho para baixo, sentindo uma hesitação estranha em relação aos próximos passos.

— Acho que vou me arrepender disso, mas... pode falar, Randy. — Ele diz com mais paciência do que o normal, como se percebesse meu desconforto.

— A Kylee me mandou mensagem há pouco. Com as informações do nascimento do pai.

— Você pediu isso pra *filha* dele? — Archer parece horrorizado.

— Não, não! — explico. — Ela está fazendo isso por conta própria. Quer encontrar uma namorada pro pai.

— Ah. Está bancando o cupido.

— Bom, ela não disse que queria que *eu* fosse a namorada.

— Como é que sou mais esperto que você nisso? — ele questiona, vindo na minha direção, inclinando um pouco a cabeça e coçando a testa. — É óbvio que ela quer que você seja a namorada dele.

Quando ele volta a levantar os olhos, sorrio, porque há uma mancha de carvão na sua testa.

— Qual é o problema? Não está tudo correndo perfeitamente de acordo com seu plano? Com seu horóscopo?

— É só que... — Cruzo os braços, me sentindo vulnerável. — Sinto que pode haver algo ali. Com o Christian. Mas também é importante para mim seguir essa jornada até o fim. Confiar que as estrelas e o universo têm um plano para mim. Me deixar guiar por algo além do meu cérebro.

— Essas duas coisas são incompatíveis?

Engulo em seco e encontro os olhos dele.

— Podem ser. Neste momento, é uma incógnita. É como o gato de Schrödinger. É um paradoxo em que...

— Sim, Randy, eu sei. Até ser observado, um gato numa caixa pode estar, ao mesmo tempo, vivo e morto.

— Até eu ler o mapa do Christian, ele pode ou não ser um par perfeito. Mas, se eu olhar, vou *saber*.

Archer solta outro suspiro baixo e chega à beira do seu terraço, as pontas dos pés quase do lado do meu. Também estou na beira do meu, então ficamos frente a frente, seu cheiro indescritível e atraente como sempre.

— Olha — ele diz, um pouco relutante. — Sou a última pessoa que deveria dar conselhos românticos. Não entro nessas de amor exclusivo e leal.

— Não mais, você quer dizer. Era noivo.

— O fato de você estar falando no passado já diz tudo. Mas o que quero dizer é que não acho que sua hesitação em ler o mapa do Christian tenha a ver com astrologia.

— Tem *tudo* a ver com astrologia...

— E não acho que você tenha medo de descobrir que ele não é o seu par perfeito — Archer continua, ignorando minha objeção. — Acho que você tem medo de que ele *seja*. Porque, de acordo com as regras que definiu para si mesma durante este ano, isso significaria se abrir. E é dessa parte que você tem medo.

Engulo em seco, porque as palavras dele são desconfortavelmente... verdadeiras.

— Bom — falo, depois de uma longa pausa. — Acho que tem uma notícia boa no meio disso tudo.

— Que é? — ele pergunta.

— É só que... não importa o que o mapa dele disser, não tem como eu e ele sermos mais incompatíveis do que eu e você. Já é alguma coisa, não?

Só percebo que estendi a mão quando meu polegar limpa distraidamente a mancha em sua testa. Surpresa pelo contato que eu mesma iniciei, meus olhos descem da testa para os seus olhos, descobrindo que me observam com atenção.

— Sim, Randy — ele diz, a voz um pouco áspera enquanto abaixo a mão. — Já é alguma coisa.

Uma hora depois, estou olhando para o meu mapa astral e para o de Christian.

Dizer que o universo deu sua bênção seria um eufemismo. Se minhas várias referências sobre sinastria estiverem perto de estarem corretas? Eu e ele somos compatíveis em quase todos os aspectos.

Do ponto de vista astrológico, Christian Hughes foi praticamente *feito* para mim. Entre outras coisas, seu Júpiter está em Libra na casa cinco, o que parece complementar minha linguagem do amor. E ele tem o ascendente *e* o sol em Sagitário, que é o regente da minha casa sete.

Aperto os lábios, querendo saber por que a animação que imaginei sentir parece mais com... apreensão.

Fecho a cara. É culpa de Archer que, em suma, me chamou de covarde.

Para provar que ele está errado, pego o celular.

E chamo Christian Hughes para sair.

TEMPORADA DE LIBRA

Uma grande mudança está a caminho, e a expectativa por ela vai fazer você se sentir perdida em seus próprios pensamentos. Seu discernimento e sua intuição estão um pouco nebulosos hoje, querida geminiana. Confie num amigo para ajudá-la a atravessar esse momento. Essa pessoa será capaz de enxergar a situação com uma clareza que, por ora, você não tem.

— Acho que vou vomitar — falo, colocando a mão na barriga. — Talvez eu devesse cancelar.

— Você não vai cancelar — Daphne diz com firmeza, enquanto continua revirando meu guarda-roupa. — E essa vontade de vomitar é só um friozinho na barriga. Antes de um primeiro encontro, isso é uma coisa *boa*, confia em mim.

Como estou fora da pista há muito mais tempo do que minha melhor amiga, acho melhor confiar nela. Mas saber que o friozinho na barriga é um bom sinal não o torna mais confortável. Por um breve instante, desejo passar a noite comendo sobras com Archer, antes de trocarmos farpas no terraço. Sem friozinho nenhum na barriga, apenas uma irritação confortável.

Daphne olha por cima do ombro.

— Este é todo o seu guarda-roupa? Deixa para lá, pergunta idiota. — Ela suspira e volta ao armário. — Certo. Marrom, então.

— Tenho outras cores além de marrom! — exclamo.

Ela dá um passo para o lado e aponta para o guarda-roupa como quem diz: *me prove, então.*

Levanto e pego um dos meus blazers xadrez favoritos.

— Viu? Esse tem vermelho.

— Gata, isso é tipo dois por cento vermelho. Os outros noventa e oito são tons de... que cor é essa mesmo?

— Fico muito bem de marrom — insisto.

Ela balança a cabeça, exasperada, mas tenho muita confiança de que estou correta neste ponto. E gosto do que estou usando agora. Minha blusa de gola alta marrom-escura e minha calça cáqui combinam com meu cabelo castanho médio, meus olhos castanho-escuros e minhas sardas de um jeito monocromático e agradável.

Parece que sou a única que pensa assim, porque, embora Daphne pareça tranquila, reconheço o aperto teimoso dos seus lábios vermelho-alaranjados enquanto continua vasculhando minhas opções limitadas.

Confie num amigo... Essa pessoa será capaz de enxergar a situação com uma clareza que, por ora, você não tem.

Vou até a cômoda e tiro um suéter de caxemira azul-claro.

— Melhor?

— Perfeito — Daphne declara, pegando uma calça social azul-marinho do armário e me entregando. — Agora vamos falar de sapatos. Nada de sandália de couro.

— Eu não ia de *sandália de couro* — digo, ofendida. — Tenho saltos, sabia?

— Sim, os que você usa em aparições públicas e são muito... professorais.

Ela pega uma sacola de compras que eu nem tinha notado até então.

Coloca a mão dentro e tira uma caixa de sapatos, que aceito, surpresa.

— Você me comprou sapatos? Meu guarda-roupa é tão ruim assim que você acha que precisa complementar?

— Estavam na promoção, estão na moda e são a *sua cara* — ela insiste.

Cética, tiro a tampa azul da caixa e solto um som surpreso de aprovação.

— Viu? — diz minha melhor amiga, com todo o direito de se achar.

— São... Amei — falo, calçando os mocassins. Sempre adorei um bom mocassim, mas esses são mais bonitos que os meus. Um marrom-chocolate intenso, com uma textura quase aveludada e uma sola mais grossa, que dá um ar estiloso. Eu me levanto. — Aah. Estou alta.

— Têm uma plataforma pequena, então são tipo um salto, só que não exatamente — ela explica, batendo uma palminha contente. — Certo. Pode se vestir. Faz sua maquiagem. Natural é *perfeito* — ela acrescenta, notando meu olhar. — Depois me encontra lá embaixo. A gente toma um vinho e conversa sobre como o Christian vai ficar perdidamente apaixonado por você.

De repente, o enjoo fica dez vezes pior.

Parte de mim está mesmo animada para a noite que vem aí.

Mas o que mais sinto é desconforto.

Meu último primeiro encontro foi séculos atrás, e foi com um professor convidado do MIT. Não falamos sobre nada além de trabalho. Do ponto de vista intelectual, foi muito interessante. Mas do ponto de vista emocional? Físico? O mais perto que chegamos de ter alguma química foi um interesse mútuo por espectroscopia. E, não sei por que, mas duvido que

Christian Hughes tenha muito interesse pelo estudo da absorção e emissão de luz e radiação pela matéria.

Visto a roupa que Daphne escolheu e reviro minha coleção limitada de joias até encontrar brincos de argolas cintilantes de ouro que eu tinha comprado para uma festa de fim de ano da Universidade Nova anos atrás e nunca mais usei. Também capricho um pouco mais na maquiagem. Delineador preto em vez do marrom habitual, uma camada extra de rímel. Até um pouco do gloss coral novo que comprei por impulso alguns dias atrás, seguindo a sugestão do horóscopo.

Dou um passo para trás e observo o resultado pelo espelho.

— Nada mal, dra. Reed — murmuro para o meu reflexo. Ainda sou eu, apenas não a versão sem graça do cotidiano.

Ergo a mão e solto o rabo de cavalo que sempre uso no dia a dia, ajeitando os fios médios ao redor dos ombros. *Melhor*. Duvido que Christian vá desmaiar quando me vir, mas é bom me sentir um pouco mais *especial*.

Desço a escada e hesito ao ouvir uma voz masculina. Por um instante, penso que Christian chegou mais cedo para me buscar, mas, ao me aproximar, reconheço o timbre grave de Archer.

Tem chovido nas últimas noites, então não o vejo desde o nosso encontro estranho no terraço, quando limpei uma mancha do rosto dele como...

Enfim, como alguém com mais intimidade do que eu tenho.

— Miranda Frances Reed — Daphne me repreende assim que entro na cozinha. — *Por que* não me falou que conhece Archer?

Pisco, surpresa pela acusação bem-humorada.

— Vocês se conhecem?

— Hum, *eu* o conheço — diz Daphne com um tom escandalizado, enquanto me passa uma taça de vinho. — Ele é meio que importante.

Ah. Claro. O mundo da *arte*.

Juro que nem passou pela minha cabeça que Daphne poderia saber quem era Archer, embora devesse ter passado. Daph é designer gráfica de profissão, mas sua obsessão por arte é quase um segundo emprego. Ela tem passes anuais para todos os principais museus de arte de Manhattan, e é até guia voluntária no MoMA aos fins de semana.

Olho para Archer, que está de suéter cinza, calça jeans, botas e sua expressão sarcástica de sempre. Dá um gole da taça de vinho que Daphne deve ter servido para ele, se é que ele mesmo não se serviu, e ergue a sobrancelha para mim.

— Está me encarando por quê? Cometi outra infração contra a estufa? — pergunto.

— Não. Só estou com fome. Mas sua geladeira está vazia.

— Porque eu sabia que sairia hoje.

— Sim. — Ele levanta uma sobrancelha. — Fiquei sabendo.

Nossos olhares se cruzam e nos encaramos por um segundo a mais do que seria confortável, e logo desvio o olhar.

— Tem ovos. Pode ficar à vontade.

— Sempre fico.

Daphne fica olhando de um para o outro.

Archer me lança um olhar nada elogioso.

— Você está diferente.

Reviro os olhos.

— Maravilha. *Diferente* era bem a minha intenção.

— Você está fantástica — Daphne intervém. — Então vocês dois... são... amigos?

— Vizinhos — eu e Archer respondemos ao mesmo tempo.

— Temos que dividir o espaço do terraço — explico, apontando para cima. — E ele me ajudou a construir minha estufa, mas só porque o horóscopo disse que eu precisava pedir para ele.

Daphne ergue a sobrancelha para Archer.

— Você topou?

Ele dá de ombros.

— Hum — diz Daphne. — Certo, Archer, então, como uma grande fã, preciso perguntar: em que você está trabalhando agora? Porque aquela série de Londres que você fez simplesmente... — Ela finge desmaiar. — Se eu tivesse um zilhão sobrando para gastar, a obra da Bond Street estaria na minha parede agora. — Daphne se vira para mim. — Você viu o trabalho dele, né?

— Pela tela do computador. Não ao vivo. Mas sei que ele pinta... quadros... grandes... coloridos?

E desenhos a carvão à noite. Só para ele.

A apreciadora de arte em Daphne parece horrorizada, e ela logo volta o olhar para Archer.

— Perdoa. Ela não sabe o que fala.

— Não me incomoda — Archer comenta, voltando a encher a taça agora vazia e parecendo muito à vontade enquanto me observa. — Então, enfim criou coragem para chamar o cara para sair?

— Sim.

Os olhos de Archer brilham de divertimento, mas sem deboche.

— Bom para você, Randy.

— *Randy* — Daphne repete. — Que horror.

— Você se acostuma. Por milagre, me acostumei — falo, olhando o relógio. — Tenho menos de cinco minutos até o Christian me buscar. Todo e qualquer conselho é bem-vindo.

— Seja você mesma — Daphne diz automaticamente. — Mas talvez, sabe, dá uma maneirada no papo de ciência. — Ela faz um gesto sutil com a mão. — Lembra que tem gente que acha que o Big Bang é só uma série de TV.

— Não alguém que possa ser minha alma gêmea — declara. — Mas anotado.

Olho para Archer.

— E você? O que tem para me dizer? Alguma dica? Conselho? Sugestão?

Ele dá de ombros.

— Bom, para começar, não saia falando palavras como *alma gêmea* no primeiro encontro.

— Aí discordo — diz Daphne, apontando para Archer. — Você não viu o mapa deles? — Ela faz o gesto clássico de chef, beijando a ponta dos dedos.

Ele revira os olhos, mas, quando volta o olhar para mim, é com curiosidade, embora eu não saiba bem o que ele procura.

A campainha, que é especialmente alta, graças à audição fraca de Lillian, a interrompe, e Daphne bate palmas com animação.

— Aaaah, ele chegou. Certo, preciso conhecer esse cara, porque é meu direito como melhor amiga. Mas *você* fica aqui — ela solta um comando firme para Archer, que acha graça. — Nenhum homem quer buscar uma mulher para um primeiro encontro e dar de cara com um artista bonitão e misterioso à vontade na cozinha dela.

— Bonitão e misterioso? — questiono, torcendo o nariz, confusa. — *Archer*?

Ele me lança uma piscadinha convencida enquanto Daphne tira a taça de vinho da minha mão e me guia com firmeza para a porta da frente.

— Acredita em mim, meu bem — ela sussurra. — Errada não estou. Mas vamos lidar com um homem de cada vez...

♎

TEMPORADA DE LIBRA

Hoje, sua atenção pode se dispersar para direções inesperadas. Essa curiosidade é natural, mas fique atenta aonde seu foco se dirige, pois ele guiará seus próximos passos.

Meu encontro com Christian terminou num horário respeitável com um beijo respeitável na bochecha na porta de casa, mas a magnitude emocional de ontem parece ter cobrado seu preço, porque perdi a hora e sou acordada com meu celular vibrando enlouquecido na mesa de cabeceira.

Sonolenta, pego o aparelho, sem nenhuma surpresa ao ver que a enxurrada de mensagens é de Daphne.

Certo, nem pense em responder se não estiver sozinha na cama. Se ele estiver aí, pode dar café, mas não café da manhã. Seria demais. Se não estiver...

Como foi? Quero detalhes até do que pediram para comer e todos os contatos físicos sem querer querendo.

Aliás, ele é gaaaaaaato. Muito gato. Tipo, nível Ryan Gosling.

Aliás, ainda um POUCO brava por você não ter me contado que conhecia O Archer. E que ele era um grande gostoso. E, aliás, o que está rolando entre vocês dois?

Resmungo, jogando o celular de lado, e cruzo os braços sobre o rosto.

Perguntas demais antes do café.

Por um momento, me permito ficar deitada, ouvindo os pássaros do lado de fora da janela, enquanto minha mente volta ao jantar de ontem e...

Percebo que estou sorrindo.

O friozinho que parecia não sair da minha barriga durante todo o dia de ontem desapareceu assim que ele abriu a porta do carro para mim. Embora eu tenha tomado cuidado para evitar qualquer assunto relacionado a ciência ou astrologia, não houve nenhum silêncio constrangedor, apenas um fluxo leve e agradável de assuntos até ele me acompanhar de volta à porta de casa.

Quanto ao beijo na bochecha?

Ainda não sei como me sinto a respeito. Decepcionada? Aliviada?

Mesmo assim, tenho quase certeza de que foi mais um gesto respeitoso de *vamos com calma* do que uma rejeição, porque o segundo encontro já está marcado.

Meu celular vibra de novo. Um pouco mais acordada, eu o pego. Outra mensagem de Daphne.

Ele é mais charmoso do que eu imaginava, considerando as circunstâncias.

A essa, eu respondo.

FALEI que ele era charmoso.

Daphne: Não falou. Não falou nem que o conhecia!

Demoro um pouco para me dar conta de que não estamos falando sobre Christian.

Eu: Espera, Archer? Charmoso não é uma palavra que eu usaria.

Daphne: Achava que ele era... estabanado e esquisito.

Eu: Não se preocupa, ele tem uma série de outras qualidades negativas.

Grosso.
Inconveniente.
Irritante.
E, ok, às vezes meio engraçado. E gentil.
Mas sobretudo irritante.

Daphne: Comentei que uma das voluntárias do MoMa com quem trabalho é próxima da ex dele? Aquela atriz, Willow. Ela terminou semanas antes do casamento.

Sento-me, um pouco mais intrigada do que gostaria. Li isso. Muitas especulações sobre traição ou agendas incompatíveis, mas nenhum dos dois disse uma palavra sobre o assunto.

Daphne: Olha só você por dentro das fofocas das celebridades! E nem é uma das mais famosas!

Eu: Posso contar para Archer que você disse que ele não é dos mais famosos? Na verdade, esquece, certeza de que ele vai achar isso um elogio.

Daphne: Será que é por isso que eles terminaram? Ele não curtia a vida pública?

Eu: Sua amiga do MoMa não sabe?

Daphne: AI MEU DEUS. Dra. Miranda Reed. Está... tentando descobrir as fofocas do seu vizinho?

Eu: Não! Só estou curiosa para saber por que ele é tão rabugento. Mas voltando ao Christian...

♏

TEMPORADA DE ESCORPIÃO

Com a Lua em Câncer, não se surpreenda se sentir um clima doméstico hoje, querida geminiana. Pode até descobrir instintos maternos antes desconhecidos. Explore esses instintos, mas com cautela: a oposição entre Sol e Netuno pode tornar difícil distinguir o que é fato do que é ficção.

— Estava *muito* bom, dra. Reed. Obrigada — agradece Kylee, empurrando o prato com um suspiro satisfeito.

Ela ter limpado o prato alivia um pouco a memória dessa tarde, quando vários quase desastres na cozinha me fizeram temer que eu estava destinada a cozinhar só para mim pelo resto da vida.

Ou para dois, se contar a dedicação contínua de Archer em acabar com as minhas sobras.

— Estava muito bom *mesmo* — diz Christian, sorrindo para mim do outro lado da mesa. Como Kylee, ele raspou o prato, embora, ao contrário da filha, tenha conseguido manter a maior parte do penne com molho de vodca longe da camisa.

— Que bom que gostaram. Admito que mudei os planos de última hora — explico, por fim relaxando o bastante para apreciar um pouco do vinho. — O plano original era frango assado, purê de batata, essas coisas. Mas lembrei que o Dia de Ação de Graças é semana que vem. Achei que ia acabar ficando muito parecido.

— E o que vai fazer no Dia de Ação de Graças, dra. Reed? — pergunta Kylee, educadamente.

— Só vou ter um dia tranquilo em casa — respondo. — Meus pais vão para o Arizona visitar minha avó, um dos meus irmãos decidiu passar em Londres, e o outro vai ficar com a família da esposa.

— Que triste. Sozinha.

— Kylee! — Christian a repreende.

— Ah, não me incomodo, pode acreditar — falo, sorrindo. — Gosto da minha própria companhia, e vou poder ver todo mundo no Natal. Além disso, viajar no fim de semana em si dá muita dor de cabeça. Vocês são mais corajosos do que eu.

— Quando conhecer minha mãe, vai entender que é o contrário — Christian diz, com um sorriso. — Corajoso seria dizer não para a convocação dela.

Quando conhecer a minha mãe. Não *se*.

Não é... rápido demais?

Embora esse jantar também tenha parecido rápido demais. Eu e Christian estamos saindo, de maneira casual, apenas há um mês, e aqui estou eu, cozinhando para ele.

E para a filha dele.

Ainda assim, essa ideia foi mais fácil de aceitar porque partiu da Kylee e, embora tenha sido uma tentativa bem descarada de aproximar o pai dela de mim, não tive coragem de falar não.

E hoje foi divertido. Foi mesmo.

Mas conhecer os pais do Christian?

Aí já é demais. Nem dormi com ele ainda. É difícil explicar, mas, por mais que goste dele, não me sinto pronta. Talvez *justamente* por gostar dele? Porque nossos mapas indicam que somos perfeitamente compatíveis e, portanto, tudo parece *importar* um pouco mais...

Kylee alterna o olhar carregado entre mim e o pai, e parece concluir que está entediada por nós.

— Posso me retirar para observar as estrelas?

— Observar as estrelas? — Christian repete, surpreso.

— A dra. Reed observa do terraço. Não é?

Faço que sim, mas Christian não está convencido.

— Não sei se gosto da ideia de você lá em cima, Ky.

— *Por favor?* Vou tomar *muito* cuidado.

— Está uma noite clara, o que significa que meu vizinho vai estar lá. Ele pode ficar de olho nela — falo, um pouco hesitante, porque ainda parece cedo demais para opinar sobre as decisões dele como pai. Mas já conheci Kylee o bastante durante nossas aulas particulares para saber que ela não é desastrada nem irresponsável.

Christian pisca.

— Seu vizinho também observa as estrelas do terraço?

— Ah, não exatamente. Em geral, ele desenha. — Faço um gesto vago. — É todo um lance.

— Hum. Tá bom, deixa eu ver como é, depois decido — diz Christian, empurrando a cadeira para trás. Ele olha para mim. — Tudo bem por você?

— Sim, claro. Vou começar a limpar. — Começo a recolher os pratos.

Ele aponta para mim.

— Não se atreva. Você cozinhou, eu lavo.

— A senhora tem um telescópio, dra. Reed? — Kylee pergunta, empolgada, enquanto veste o casaco e fecha o zíper.

— Infelizmente, não — respondo, um pouco triste. — Tinha um lindo, mas quando vim fazer faculdade em Nova York percebi que havia poluição luminosa demais. Sem falar no pouco espaço ao ar livre. Doei meu telescópio para um acampamento de ciências, para alguém que pudesse aproveitá-lo melhor. Mas ainda dá para ver algumas estrelas — continuo. — A luz da cidade atrapalha *bastante*, mas quero ver o que você consegue identificar a olho nu.

— Tá! — Kylee responde, já correndo na direção da escada.

— Já volto — Christian avisa por sobre o ombro. — Lembra: eu lavo.

— Claro — concordo. Mas, assim que ouço suas vozes subindo a escada para o terraço, me levanto e começo a empilhar os pratos. Preciso de algo para ocupar as mãos para impedir que meu cérebro entre em parafuso, analisando todos os momentos da noite até agora.

Tenho quase certeza de que correu bem, mas essas coisas de dona de casa estão fora da minha zona de conforto, por mais que o horóscopo fale sobre meu "clima doméstico".

Quanto ao instinto materno desconhecido, não posso negar que também sinto uma vontade estranha nesse sentido. Quanto mais tempo passo com Kylee, mais percebo que gosto de crianças. Gosto dela.

E gosto do pai dela também. Christian é...

Exatamente o Príncipe Encantado que pareceu ser naquele primeiro dia na calçada.

Educado. Charmoso. Bom de papo. Tem uma *leveza* na sua companhia que é muito agradável. Ele parece ser maravilhoso com a filha, dá para ver que Kylee adora o pai.

Mas talvez haja uma pequena parte de mim que não consegue parar de se perguntar:

Estou seguindo meu coração?

Ou estou seguindo meu horóscopo?

O que é irritante demais, porque a única razão pela qual comecei o Projeto Horóscopo foi para entrar em contato com essa outra parte inexplorada ou talvez tão bem escondida de mim. Mas, nos últimos tempos, as palavras de despedida da tia Lillian, antes de viajar para a Flórida, têm ecoado na minha cabeça:

"Não troque um conjunto de regras por outro."

E o fato de Christian ser pai torna tudo ainda mais complexo. Kylee deixou bem claro, desde o início, que queria encontrar uma namorada para ele e, embora nada tenha sido dito diretamente, Christian não é o tipo de homem que teria um caso passageiro, muito menos com a professora particular da filha...

Eu me afasto da pia para pegar mais pratos e levo um susto quando o vejo à porta.

— Você sempre aparece assim, do nada? — indago, sacudindo as mãos molhadas e secando-as num pano.

— Você fica murmurando coisas aleatórias quando está pensando — ele afirma, se aproximando com um sorriso. — Sabia?

— Já comentaram — respondo, retribuindo o sorriso enquanto ele passa os braços ao redor da minha cintura. Coloco os meus no seu pescoço, o gesto ainda não é bem natural para alguém que não está acostumada a demonstrações físicas de afeto, mas ele não parece notar ou se incomodar.

— É estranho se eu disser que vou sentir sua falta durante o Dia de Ação de Graças na casa dos meus pais? — ele murmura, dando um beijo leve na minha boca.

— Se for, eu gosto do estranho — respondo.

— Hum. — Ele me beija de novo. — Te assustei quando mencionei minha mãe, não?

— Nem um pouco — minto, e ele parece acreditar, porque me puxa ainda mais para perto.

— Que bom. Porque consigo te imaginar indo comigo e

com Kylee para Oregon passar o Dia de Ação de Graças com meus pais.

— Ah. Uau.

Fico tensa, e ele ri.

— Calma, não estou falando deste ano. Sei que ainda é cedo demais. É só que... sei lá, vi você aqui e percebi que fiquei chateado por não poder te ver no fim de semana.

— Também estou chateada — comento, forçando-me a relaxar.

— Certo — ele diz, com um último beijo antes de dar um passo para trás. — Então, vamos fazer o seguinte. — Ele me puxa em direção à mesa. — Você vai se sentar e tomar esse vinho delicioso que eu trouxe. Eu vou limpar tudo. E você vai me tranquilizar, garantindo que o cara mal-humorado lá do terraço não está a fim de você.

Solto uma risada, sinceramente surpresa.

— Archer? Nossa. Não. Acho que ele nem gosta de mim. Nem de ninguém — acrescento depois de uma pausa.

— E você gosta dele? — Christian pergunta, fingindo um olhar ameaçador por cima do ombro enquanto leva a travessa para a pia.

— Depende do dia. — Sorrio. — Mas não, não nesse sentido. Além disso, ele tem tipo uma namorada.

— *Tipo* uma namorada. Aí você me deixou curioso.

Dou de ombros.

— Não sei muito bem dos detalhes. Acho que é uma relação moderna, meio aberta, sabe? Pelas poucas informações que ele dá, é uma agente importante que passa a maior parte do tempo em Los Angeles, mas, quando está aqui...

Ele mexe as sobrancelhas de maneira sugestiva.

— Sim — confirmo. — Acho que é assim que funciona.

Costumo tentar não pensar muito nisso.

— Bom, se funciona para ele — Christian fala, num tom amigável —, desde que ele não fique de olho na *minha* namorada.

Ainda estou limpando um pouco do parmesão ralado da mesa, mas, ao ouvir isso, hesito.

— Sua namorada. Eu?

Christian ri.

— Estava tentando ser sutil, mas talvez eu tenha sido sutil *demais*, se precisa perguntar a quem eu estava me referindo.

— Desculpa — digo. — Como falei, sou...

— Nova nisso, eu sei. — Ele seca as mãos na calça e diminui a distância entre nós, me levantando de novo. — Adoraria ajudar você a ser um pouco *menos* nova em relacionamentos. Se estiver interessada.

Penso um pouco, depois aceno devagar.

— Estou interessada, sim.

— Ótimo — ele diz, parecendo satisfeito e me puxando para um beijo. E, por mais que eu tente me entregar à sensação agradável, não consigo evitar pensar sobre aquela oposição entre Sol e Netuno hoje.

Que torna difícil para mim distinguir o que é fato do que é ficção.

TEMPORADA DE SAGITÁRIO

A ameaça de mudança parece estar batendo à porta de todos hoje, querida geminiana. Você vai sentir que está enxergando tudo com novos olhos, desde rotinas antigas até relacionamentos que talvez não sejam bem o que você sempre imaginou. Não fuja do desconforto: ele está tentando lhe dizer algo.

Nunca fui muito fã do Dia de Ação de Graças. Não que eu seja *contra* nem nada; é só que a data sempre me pareceu meio demais.

Pressão demais. Drama familiar demais. Comida demais.

Quando eu era criança, sempre passávamos em outro lugar. Na casa dos avós, das tias e dos tios (e não os tios e as tias legais, como Lillian, mas os caretas, que não nos deixavam comer torta de abóbora antes de provar as couves-de-bruxelas).

Quando os parentes começaram a se espalhar, na minha adolescência, meus pais, que nunca foram muito chegados a cozinhar, passaram a encomendar a ceia pronta no mercado. Devia ser mais por nós do que por eles, porque nunca houve nem sombra de chantagem emocional quando parei de ir para lá nessa época do ano. Desde que eu apareça no Natal, claro, o que nunca deixo de fazer.

Mas isso significa que, na maioria dos anos, passo o Dia de Ação de Graças... sozinha. Daphne sempre vai a Michigan para ver a mãe e o padrasto, e Lillian tem a tradição de fazer um cruzeiro pelo Caribe com as amigas. Não tenho intimidade suficiente com nenhum colega além de Elijah, e nossa amizade está longe de ser do tipo que rende convite para festas.

No ano passado, aproveitei o luxo do feriadão sozinha para... trabalhar.

E digo isso sem nenhum pingo de autopiedade. Sempre adorei. Leio revistas acadêmicas, planejo aulas. Avalio objetivos profissionais. Corrijo trabalhos, preparo provas. Tudo enquanto como torta demais porque, embora não participe da maioria das tradições do feriado, sei reconhecer a magia por trás da torta de noz-pecã. Até agora, nunca imaginei maneira melhor de aproveitar dias de folga.

Mas esse é o problema de fazer sua vida inteira girar em torno do trabalho: e quando seu trabalho desaparece?

Você se dá conta de que sua vida é vazia.

E que está completamente sozinha.

Desanimada, me sento à mesa da cozinha e abro *Astrologia preditiva.* Tenho me sentido orgulhosa nas últimas semanas por ter superado os livros de astrologia para iniciantes, talvez até por já saber mais que a própria Daphne, pelo menos em termos factuais.

Hoje, porém, não consigo me concentrar. Em nada.

Pela primeira vez desde que me entendo por gente, não quero ler. Não quero aprender.

Não quero ficar sozinha.

E é estranho, mas a ausência que mais sinto é de... Archer. Nem tinha me dado conta de como ele estava presente até deixar de estar.

Nem tinha me dado conta de que ele estava planejando

sair da cidade até receber uma mensagem ontem me lembrando de não regar demais o seu precioso manjericão enquanto estivesse fora.

Faço isso agora, satisfeita ao ver que a planta está saudável, assim como o alecrim, o tomilho e a sálvia. Arranco uma folha de sálvia e a levo ao nariz, o aroma me lembra da comida de Ação de Graças que não vou aproveitar. Cozinhar para uma pessoa só parecia triste, mas todas as refeições prontas da loja ontem eram para no mínimo quatro pessoas.

Em vez disso, acabei comprando uma torta de noz-pecã, que sempre foi uma das minhas favoritas.

Inclusive, talvez eu faça dela o meu jantar. Pelo menos vai parecer um pouco com um jantar de Ação de Graças.

Dou uma última cheirada nostálgica na sálvia e volto para dentro. Perdi uma ligação de Christian pelo FaceTime.

Penso em ligar de volta e... não ligo.

Estou ponderando se vinho tinto ou branco combina menos com torta de noz-pecã quando a campainha alta demais da Lillian quase me mata de susto.

Espio pelo olho mágico e abro a porta, surpresa.

— *Archer?*

— Desde quando você tranca a porta? — ele pergunta, como se eu tivesse cometido alguma barbaridade.

— Hum, desde que um estranho começou a entrar na minha casa sem ser convidado, talvez? — respondo quando ele me empurra para o lado e entra. — Na verdade, eu só a deixava destrancada durante o verão, porque era mais fácil entrar e sair enquanto a gente estava trabalhando na estufa.

Ele solta um resmungo em resposta.

— Feliz Dia de Ação de Graças, aliás. — Aponto para a sacola de compras em seu braço. — O que é isso? Enfim veio repor parte da comida que estava roubando?

Ele leva a mão até o cabideiro em formato de polvo da Lillian e pega meu casaco *puffer* azul-marinho antes de seguir para os fundos da casa.

— Traz um gorro — diz por cima do ombro. — Mas não aquele feio com abas esquisitas.

— Aquelas abas esquisitas esquentam minhas orelhas — resmungo, pegando o gorro feio em questão, além de um par de luvas, já que está na cara que vamos subir para o terraço como dois malucos no meio de uma forte frente fria.

Ouço a porta do terraço abrir e fechar, e depois abrir de novo.

— Duas taças de vinho, Randy. As sem frescura, sem haste. Ah, e aquela torta.

Bato continência de maneira irônica, embora ele não consiga me ver, e, depois de pegar as taças e a torta, subo os degraus correndo antes que ele possa gritar mais alguma ordem.

Archer já está sentado à mesinha ao ar livre, e, numa rara demonstração de gentileza, empurra minha cadeira com a bota.

— Kylee me contou que ela e o seu namoradinho passariam o feriado fora — comenta, tirando um gorro do casaco e o colocando na cabeça. É azul, e faz seus olhos parecerem ainda mais azuis.

— Quando você falou com a Kylee?

— Na outra noite. No terraço. Ela fala muito.

— Ah, é mesmo. Então ela não é mais só "a menina"?

Archer dá de ombros.

— Ela me explicou que me referir a ela como "menina" era *supercilioso*. Precisei pesquisar o significado.

— Ela tem razão. É um pouco condescendente.

Ele revira os olhos e muda de assunto.

— Faça alguma coisa útil. Abra o saco.

Faço o que ele pede, tirando dois sanduíches. O adesivo

com o logo que fecha o papel-manteiga é da loja chique de sanduíches no fim da rua.

— A Lona's estava aberta hoje? — pergunto, surpresa.

— Abre por exatas duas horas toda noite de Ação de Graças. Melhor sanduíche de peru que você vai comer na vida — explica, levantando-se e dando um passo longo para seu próprio terraço. Volta com uma cesta enorme.

— O que é... ah! — exclamo, grata, quando ele tira um cobertor grosso e quentinho e o passa para mim.

— Não é para ficar tão animada. A gente vai dividir — ele avisa antes de pegar uma garrafa de vinho tinto. — Isso também. E sua torta.

Sirvo os sanduíches e as garrafas de água com gás que estavam na sacola enquanto ele tira um saca-rolhas dobrável do bolso de trás da calça e arranca a rolha resistente da garrafa de vinho.

— Pensei que você ia viajar — digo, agradecendo com um aceno de cabeça quando ele me entrega uma taça.

— Eu ia. Mas tem um alerta de nevasca em Denver. Reagendaram meu voo três vezes e depois cancelaram.

— Que saco. Seus pais moram lá, né? — indago, lembrando da leitura do seu mapa astral, que indicava que ele nasceu lá.

Ele acena.

— Estou torcendo para conseguir ir amanhã ou sábado. As sobras são a melhor parte do Dia de Ação de Graças mesmo.

Archer volta a se sentar, e solto um gritinho quando ele puxa o assento da minha cadeira mais para perto. Sem cerimônia, ajeita o cobertor para cobrir nossos colos, depois brinda sua taça na minha.

— Saúde. Feliz Dia de Ação de Graças, Randy.

Damos um gole, então Archer me lança um olhar pensativo.

— Onde Kylee e Christian estão mesmo? Washington?

— Oregon. Os pais e a irmã do Christian moram lá. Ele é de lá.

Archer desembala o sanduíche e dá uma mordida generosa.

— Vocês estão, tipo, juntos ou o quê?

— Hum? — solto, distraída, enquanto o observo limpar com o polegar um pouco do que parece ser molho de cranberry no canto da boca.

— Você e o Christian. Deve estar ficando sério, se está cozinhando para ele.

Quase comento que também cozinho para ele quando aparece sem avisar e com fome, embora, nesse caso, seja apenas um queijo quente ou o que quer que eu já estivesse planejando comer.

— A gente está se envolvendo — falo, começando a desembalar meu sanduíche.

Ele ri.

— Você sabe mesmo romantizar as coisas, Randy.

— Olha quem fala. Você nem fala da sua namorada.

— Porque não tenho uma.

Reviro os olhos.

— Tá. Como você *chama* a mulher com quem está saindo?

Há uma longa pausa.

— A mulher de quem os sites de fofoca estavam falando se chama Alyssa.

— Por que você nunca fala sobre ela?

Ele não diz nada.

— Tá, se vocês não cozinham um para o outro — insisto. — O *que* vocês fazem?

Ele me lança um olhar.

— Quero dizer, para se *alimentar* — explico, um pouco envergonhada.

Ele abre um sorriso rápido, achando graça do meu constrangimento.

— Então. Christian. Você gosta dele.

— Sim. Gosto — confirmo, olhando para o sanduíche. — O que é isso?

Ele dá de ombros.

— Peito de peru assado. Molho de cranberry. Brie. Mágica.

Sorrio.

— E aí? — Archer indaga quando dou uma mordida.

Olho para ele, surpresa ao ver que está me observando.

— E aí o quê?

— Posso ir ao casamento?

Engasgo um pouco com o sanduíche e preciso tomar um gole de vinho para ajudar a descer.

— Por que está tão curioso sobre o Christian?

— Só estou sendo educado, Randy.

— Na verdade, ser curioso é o contrário de ser educado.

Ele dá de ombros.

Ficamos em silêncio por um tempo, aproveitando nossos sanduíches — que, a essa altura, têm gosto de magia. O peru está suculento e saboroso, e a acidez das cranberries impede que a intensidade do brie domine tudo. O pão é fresco, uma delícia.

— Por que você fez isso? — pergunto, enfim.

Dou a ele o último quarto do meu sanduíche, pois estou cheia demais para terminar, e ele aceita sem hesitar.

— Isso o quê?

— Esse... piquenique — falo, apontando para a mesa.

Archer engole um pedaço de sanduíche, dá um gole de vinho.

— Eu estava sozinho. Imaginei que você também estivesse. Ninguém deveria passar um feriado sozinho, se der para evitar.

— Isso é surpreendentemente... atencioso.

— Acabaram de atualizar meu software — ele brinca, batendo na têmpora, depois amassa a embalagem do sanduíche com o punho grande e a joga na sacola vazia.

— Sabe, você não é como eu esperava que um artista profissional fosse — digo.

— Ai, Deus. Não posso nem comprar um sanduíche para uma mulher que ela já quer filosofar. — Ele me lança um olhar de esguelha. — Esperava o quê? Que todos cortássemos as próprias orelhas, como Van Gogh?

— Não. Só quero dizer que sempre achei que havia uma divisão marcante entre arte e ciência. Subjetivo *versus* objetivo. Emoções e intuição *versus* dados e fatos.

— Não sei se você está errada em relação a isso — ele pontua depois de um momento.

— *Mesmo assim.* — Aponto o dedo para ele. — Você é o único artista que conheço e é muito computacional na maneira como interage com as pessoas. Pelo menos comigo.

Archer pega a taça de vinho e se recosta na cadeira, estendendo as pernas até as botas escaparem de debaixo do cobertor. Apoia o vinho sobre a barriga chapada enquanto parece refletir sobre o que falei.

— Eu tenho, sim — ele diz devagar, depois de um longo momento.

— Tem o quê?

Ele dá um gole de vinho.

— Emoções.

Minha cabeça se ergue e, apesar de estarmos dividindo um cobertor, fico um pouco surpresa com a proximidade dele, ainda mais porque o sol mal se pôs. Não está tão escuro quanto costuma estar quando subimos aqui.

— Não quis dizer que você não tinha emoções — falo em voz baixa.

— Só estou dizendo que dá para ter emoções sem sair por aí espalhando todas elas — ele resmunga. — Você sabe disso melhor do que ninguém.

Inclino a cabeça para o lado.

— Qual é a sua lua mesmo?

— Eu lá sei. A astróloga é você. Por quê? O que tem isso?

— Sua lua determina como você lida com as emoções.

— Hum.

— Lembro do seu sol — digo, estalando os dedos. — Você é ariano.

— Fascinante.

— Não sabe o que isso significa?

— Não.

— Mas...

— Randy. — Devagar, ele vira a cabeça para o lado e, como ainda estou olhando para ele, nossos rostos ficam muito próximos, mas não é tão constrangedor quanto deveria. — Que tal dar um tempo no Projeto Horóscopo hoje? Só por hoje, seja Miranda. Não uma astróloga, não uma astrônoma. Apenas uma mulher que acredita que é capaz de fazer seu próprio destino. Que não acredita que as estrelas determinem nossa personalidade ou nosso par ideal.

Por um momento, fico olhando para a cara dele, depois me ouço sussurrar:

— Tá.

Mas me sinto um pouco mexida, embora não saiba bem por quê. Seus olhos azuis descem até a minha boca por um breve momento antes de desviarem.

Também desvio o olhar, voltando-me para o céu, me encolhendo ainda mais sob o cobertor, embora sinta um calorzinho por dentro.

E, conforme a noite se estende por horas de conversas leves alternadas com um silêncio confortável, me permito imaginar que, num futuro próximo, não estou mais comprometida a viver segundo as minhas recomendações astrológicas. E que também não vou voltar à antiga vida em que ambições acadêmicas e relacionamentos eram incompatíveis.

Eu me permito imaginar quem poderia estar nesse futuro hipotético e ilimitado dos sonhos.

O fato de que Christian não é a primeira pessoa a aparecer na minha mente me assusta. Tanto que faço questão de ligar para ele e Kylee assim que desço.

Eles estão algumas horas atrás, pelo fuso horário, então os pego logo depois que terminaram a torta.

— Estou com saudade — Christian fala, depois que Kylee sai para assistir a *Antes só do que mal acompanhado* com os avós.

— Eu também — digo. E falo sério. Gosto mesmo de Christian, gosto de verdade de sua companhia.

Mas, quando estou pegando no sono à noite, não consigo evitar pensar: não era para haver algo... *mais*?

♑

TEMPORADA DE CAPRICÓRNIO

Aperte o cinto, querida geminiana, porque o dia promete ser agitado. A Lua crescente gibosa em Áries, combinada com Marte em Libra em quadratura com Plutão em Capricórnio, promete um dia cheio de emoções intensas e instabilidade.

Vou para Boston no Natal. Sempre vou para Boston no Natal e, historicamente, sempre foi algo que me deixava animada.

Eu me considero sortuda por ter uma família para quem voltar, uma casa onde quase nada mudou. A árvore de Natal fica no mesmo canto de sempre. O anjo no topo ainda está um pouco torto, como quando eu era pequena. Meus pais não são do tipo que reformam os quartos dos filhos depois que eles se mudam. Eu adoraria dizer que é por nostalgia, mas, sendo sincera, acredito que é só porque eles não ligam. Por isso, meu quarto de infância continua quase igual desde a adolescência. Ainda tem a tabela periódica atrás da porta. A roupa de cama roxo-escura que tive o maior orgulho de colocar no lugar dos meus lençóis infantis de estrelas. E livros. *Muitos* livros. Todos sobre física. A maioria, presentes.

Sempre achei reconfortante voltar para esse espaço. Uma forma de lembrar que, embora tudo mude, algumas coisas continuam iguais. Neste ano, porém, o quarto parece sufocante. A *casa* toda parece sufocante. As conversas, principalmente. Não que muitas tenham sido dirigidas a mim. Desde que pousei no Aeroporto Internacional Logan, me sinto como uma obrigação que ninguém tem coragem de ignorar por completo, mas que ninguém quer enfrentar.

Como sempre, toda reunião familiar vira uma ladainha de conquistas profissionais, debates sobre as últimas edições de revistas científicas e uma quantidade surpreendente de fofocas acadêmicas.

Eu costumava adorar.

Agora, não consigo deixar de pensar: se eu não estivesse aqui, seria *eu* o tema das fofocas?

Mas é Natal. É minha família. E eu os amo.

Então, mantenho o sorriso no rosto. Concordo com a cabeça. Solto os sons esperados de admiração toda vez que alguém se gaba com falsa modéstia.

E espero. Que alguém pergunte sobre mim. Uma brecha para contar sobre Christian e Kylee. Sobre como estou adorando dar aulas particulares. Sobre o Projeto Horóscopo.

Mas, quando a ceia de Natal chega, já está mais do que claro que essas perguntas não vão vir. Agora que não estou mais jogando o jogo deles, que não estou mais me avaliando segundo os mesmos critérios, é como se eu tivesse sido deixada no banco. Posso até me sentar com o time, mas não entro em campo.

Durante a sobremesa — uma torta de chocolate mediana comprada pronta —, fico ouvindo enquanto discutem quem tem mais espaço na agenda para me levar ao aeroporto amanhã cedo, como se eu fosse uma tarefa chata, mas necessária.

É nesse momento que decido...

Chega.

— Então, meu ascendente é em Gêmeos — declaro, interrompendo-os sem muita educação.

O silêncio que cai sobre a mesa de jantar da família Reed não chega bem a ser ensurdecedor, mas sem dúvida é perceptível.

— Desculpa. — Meu pai se inclina para a frente e leva a mão à orelha, como se o problema fosse a sua audição. — O que foi que você disse?

— Sabe. Astrologia. Você tem sol em Virgem, igual a mim, pai.

— Sol em... Virgem — ele repete. Parece bem confuso, uma expressão que nunca vi no seu rosto brilhante.

Olho ao redor da mesa, esperando que alguém pergunte qual é a diferença entre signo solar e ascendente. Que alguém pergunte qualquer coisa. Que alguém se *importe*.

Em vez disso, encaro expressões que variam entre confusão nos meus irmãos e pena na minha mãe.

— Ah, Miranda — ela suspira. — Eu não fazia ideia de que você estava sofrendo tanto.

— Não estou sofrendo, mãe. Estou... meio que melhor do que nunca, na verdade.

E, assim que digo isso, percebo que é verdade. Como o ano em que estou vivendo segundo o horóscopo coincide com o ano letivo, estou, mais ou menos, na metade dele. E, embora eu ainda ache difícil convencer meu cérebro de que a lua que parece estar passando por Áries numa noite qualquer no Hemisfério Norte possa de *alguma* forma determinar como vai ser meu dia, também estou percebendo que...

Talvez essa seja a questão toda, que isso não tem a ver com o meu cérebro. Que, pela primeira vez na vida, lógica e fatos não parecem mais importantes do que me sentir...

Livre.

— Como é que você pode estar melhor do que nunca? — minha mãe pergunta, com a voz gentil, mas cética. — Está desempregada.

— Não estou... — Respiro fundo. — Estou escolhendo explorar um lado meu que não tem a ver apenas com lógica e fatos. E eu adoraria ter o apoio de vocês nisso.

— Mas o que acontece depois dessa... licença? — meu pai pergunta. — Quando precisar voltar à vida real?

Literalmente mordo a língua para não responder que minha vida atual não é menos *real* só porque é diferente da deles. Mas, sendo honesta, sei que essa é uma pergunta que eu mesma vou ter que encarar. Por mais encantadores que esses meses estejam sendo, é tudo temporário.

Mais cedo ou mais tarde, as férias vão acabar, e vou precisar voltar ao trabalho. Engolir o orgulho e retornar à Nova como professora adjunta. Ou tentar encontrar outra universidade para chamar de lar. Mas o mundo acadêmico é pequeno, e a essa altura já vai ter se espalhado a notícia de que negaram minha titularidade. Toda universidade que olhar para mim vai ver uma rejeitada.

Uma rejeitada pseudofamosa, mas ainda assim rejeitada. Longe de mim ter esperança de ser chamada por Columbia ou Princeton.

— Pois é. Você não pode brincar de bruxa para sempre, Miranda — meu irmão Jamie concorda com uma piscadinha.

Meu irmão mais velho, Brian, acena e, pela seriedade na sua expressão, dá para ver que concorda com Jamie.

— Ainda sou cientista. E quer saber? — retruco. — Mesmo se *não* fosse, mesmo se eu não quisesse mais ser cientista, isso me faria valer menos como pessoa? Como filha? Como irmã?

Não sei bem de onde surgiu tudo isso; apenas me escapa, e não para de escapar.

Volto toda a minha atenção aos meus pais.

— Quando foi que eu quis virar astrônoma?

Minha mãe parece assustada.

— Não sei bem. Você devia ter uns nove anos?

— E isso foi antes ou depois de me mandarem para o acampamento de ciências?

— Você adorou o acampamento de ciências!

— Sim, mas a ideia foi *minha*? — pergunto, porque de repente preciso saber.

De repente, parece *fundamental* saber.

Saber se essa vida em que estou me empenhando, essa aspiração de ser professora titular, de me dedicar a uma universidade e a um campo de pesquisa pelo resto da vida...

É *meu* sonho?

Ou foi plantado em mim? Não por maldade, mas simplesmente porque é o que os Reed fazem.

— Querida. — A voz do meu pai soa mais gentil que nunca. — Você é brilhante. Apesar dos obstáculos que tem enfrentado nos últimos tempos, nunca duvidamos disso. Fizemos o possível para te dar todas as oportunidades. Para cultivar sua inteligência.

— Eu sei, pai — respondo, apoiando os cotovelos na mesa e esfregando as têmporas, exausta de repente. — Acho que... acho que só queria saber se ainda teria um lugar nesta mesa se os testes de Q.I., as minhas notas e as minhas ambições fossem outras.

— Ué, claro que sim — afirma minha mãe, indignada. — Você é parte da família.

O alívio que me dá ouvir isso desaparece nas palavras que vêm a seguir:

— E, *como* sua família, precisamos dizer que estamos preocupados. Como seu pai falou, você é inteligente demais para desperdiçar seu tempo com fantasias. Uma licença, tudo bem. Mas você está manchando sua reputação, e a nossa também.

Agora sim.

— Ah — digo, como se não fosse nada. — Então vocês estão com vergonha de mim.

Olho ao redor da mesa. Minha cunhada, Emily, a única ali que não é acadêmica, que não é cientista, que me deixou fazer seu mapa astral, abre um pequeno sorriso e faz que não com a cabeça, mas o resto evita contato visual.

— É só que você está sempre na mídia — Jamie fala, com um tom meio culpado. — Ou estava. Todo mundo está querendo saber por que não aparece mais nos programas matinais e se foi dispensada do *Jeopardy!*.

Eu me ajeito, incomodada, sem querer admitir nem para mim mesma o quanto me perturba que esses convites tenham parado.

— Espera. — Ergo a mão, desviando o assunto. — Achei que vocês detestassem todas as minhas aparições públicas.

— Detestávamos — Brian comenta. — Mas agora que você não faz mais isso, as pessoas querem saber por quê.

— A gente só quer *entender* — minha mãe diz, praticamente suplicando. — E saber o que dizer para os outros. Quais são seus planos.

— Diga que estou tentando descobrir como ser feliz — declaro, saindo da mesa. — E que não estou sendo feliz nesta mesa de jantar.

♑

TEMPORADA DE CAPRICÓRNIO

Hoje você vai se sentir atraída por um caminho proibido. Tenha cuidado: algo que parece sedutor e irresistível agora pode não ser bom para você no futuro. Prepare-se para sentir um desejo de seguir por caminhos desconhecidos. Confie nos seus instintos, mas esteja pronta para dar um passo para trás e reavaliar a rota antes de se entregar mais.

— Tem certeza de que não é vacilo meu? — Christian pergunta, seu sorriso tão lindo por chamada de vídeo quanto pessoalmente. — Já estamos nesse ponto em que posso pedir esse tipo de favor horrível?

— É uma festa de fim de ano — falo, dando um gole no meu chá. — Não é tão horrível assim.

— É uma festa de fim de ano da *firma*. Da firma de outra pessoa. Deve ser insuportável o tanto que você vai ter que socializar.

— Imagina. A pior parte devem ser os saltos altos — respondo.

E o sutiã tomara que caia.

— Se fôssemos para a festa da minha firma, eu estaria arrastando você — acrescento. — Então pode nos considerar hipoteticamente quites.

Ele apoia os cotovelos nos joelhos e se inclina um pouco na direção da tela.

— Está chateada?

Franzo a testa.

— Por quê?

— Por não terem te convidado. Na teoria, você ainda faz parte do corpo docente, né?

— Na teoria — admito. — E, na verdade... me convidaram, sim.

Ele pisca.

— Sério? Foi enquanto você estava em Boston?

— Não. Foi na semana anterior.

— E você não quis ir?

Bufo.

— Nem um pouco.

Ele sorri, mas parece um pouco incomodado.

— Não acha que vai parecer ranço, como minha mãe diria?

— Eles já me negaram a titularidade, Christian. E me forçaram a tirar uma licença. É claro que tem um pouco de ranço.

— Com razão! — ele concorda de pronto. — É só que estou ansioso para ver você dar a volta por cima. Mostrar o que eles perderam.

Dou mais um gole no chá, um pouco surpresa pela irritação que sinto com as suas palavras e por darem a entender que dar a volta por cima significa voltar à Nova. E talvez ele não esteja tão errado. Talvez seja para onde eu acabe voltando mesmo.

— Sei que você não está a fim de sair hoje. Mas tem certeza de que não quer que eu leve algo para você jantar? — ele pergunta.

Christian havia sugerido sairmos para jantar e conversar sobre como foram nossas ceias, mas pedi para deixarmos para outro dia. Por isso a chama de vídeo. Voltei de Boston há poucas horas, e tudo o que quero é uma boa noite de sono e um tempo sozinha.

— Estou bem — afirmo. — Mas obrigada. A gente se vê em alguns dias para a sua festa.

Ele toca a orelha.

— Ah. Estou ouvindo um fora.

— São só as consequências de um Natal com a família Reed.

— Não foi uma boa visita?

— Ah. Sabe como são as festas de fim de ano.

— Quero saber tudo. Depois.

— Obrigada — digo. — Manda um oi para a Kylee.

Christian revira os olhos.

— Mando, se um dia ela sair do quarto.

— Ganhou muitos presentes?

— Digamos apenas que eu e a mãe dela *talvez* tenhamos cometido o erro de ceder ao pedido de videogame. Agora preciso ir lá avisar que ela já passou do limite de tela diário. Reze por mim.

— Boa sorte — falo, rindo, antes de encerrar a ligação.

Preparo outra xícara de chá e, como estou cansada mas sem sono, pego o casaco e o regador e subo para o terraço. A previsão do tempo indicava céu nublado a noite toda, e a lua hoje está apenas crescente, então não espero encontrar Archer por lá, mas as buzzes ainda precisam ser regadas. De fato, o terraço está quase um breu enquanto vou até as plantas. Um toque rápido na terra me mostra que Archer cumpriu a promessa de regá-las enquanto eu estivesse fora.

Quando me viro a fim de voltar para dentro, solto um gritinho abafado, porque Archer está sentado à minha mesa no terraço. Esparramado, na verdade: pernas esticadas, mãos cruzadas sobre o casaco grosso de inverno, olhando para o céu encoberto.

— Ei! O que está fazendo aqui? — Não há nem sinal do cavalete.

Ele olha na minha direção.

— Randy. O Natal foi bom?

Solto um resmungo baixo e me sento na cadeira ao seu lado.

— Também — ele responde.

— Ficou por aqui? — pergunto, já que não o vi muito nas últimas semanas. O clima de dezembro não é exatamente adequado para passar a noite no terraço.

— Sim.

— Sozinho?

Ele olha para mim.

— Gosto de ficar sozinho. Mas não. Meu irmão e a família passaram uns dias aqui.

— Ah. Não sabia que você tinha irmão. Tem sobrinhos?

— Três. Todos com menos de cinco anos. Por isso estou bebendo — conta, indicando o pote generoso de uísque à sua frente.

Sem cerimônia, estendo a mão e tomo um gole, olhando de novo ao notar um objeto volumoso coberto com um lençol ao lado da mesa e das cadeiras.

— O que é isso?

Ele dá de ombros.

— Já estava aí quando cheguei.

— E você não pensou em investigar?

— É o seu terraço, Randy.

— Verdade. Porque você se esforça *tanto* para respeitar meu espaço pessoal — respondo, colocando a caneca na mesa e puxando a parte de baixo do lençol.

— Eu puxaria com cuidado, se fosse você — Archer comenta, soando mais ansioso do que o normal. — Sem violência.

— Ah, então você sabe *sim* o que é — declaro, seguindo seu conselho e tirando o lençol com delicadeza.

O que está embaixo me deixa sem palavras.

— É um telescópio — falo, passando a mão com reverência pelo tubo, voltando o olhar espantado para Archer. — E... é um presente seu?

Ele dá de ombros.

— Foi por motivos egoístas. Pensei que poderia ser uma maneira de te manter ocupada enquanto está aqui em cima, em vez de ficar puxando papo comigo.

Fico tão atônita com o presente generoso e atencioso que não consigo nem pensar numa resposta nem argumentar que é ele quem está no meu terraço.

Como se estivesse esperando por mim.

Para me dar um telescópio. Um telescópio. Um presente tão atencioso, tão perfeito, que nem consigo processar.

Ele limpa a garganta.

— A Kylee comentou que você tinha doado o seu. Parecia errado você não ter um.

Passo a mão sobre o telescópio, louca para experimentar, mas sei por experiência própria que posso me perder por horas olhando por uma lente dessas, e quero dar o presente *dele*.

— Não saia daí — falo, apontando para ele. — Também tenho uma coisa para você.

Desço correndo para buscar o presente que comprei para o Archer, sentindo uma animação súbita com a ideia de vê-lo abrir.

A caixa é grande e volumosa, então subo com calma. Solto um som baixo de decepção quando não o vejo na mesa, mas logo percebo que ele está em seu terraço, vindo ao meu encontro.

— Espera, fica aí — peço, caminhando até ele. — Fique bem onde você está.

Começo a passar por cima do vão entre os nossos terraços, mas ele faz um som abrupto de alerta.

— Cuidado. Está escorregadio.

Archer deixa o cobertor de lado, que deve ter buscado enquanto eu estava lá embaixo, e pega o presente das minhas mãos.

Ele me surpreende ao deixar o pacote ao lado do cobertor e estender a mão para mim. Hesito por um momento. Racionalmente, sei que é só um gesto cavalheiresco para que eu não escorregue.

Mas, emocionalmente, tocar nele parece...

Arriscado.

Por fim, coloco minha mão na sua. Não é minha intenção encará-lo. Não quero, mas meu olhar é atraído como um ímã.

Com cuidado, piso no seu terraço, mas não o suficiente, porque meu pé escorrega um pouquinho. Sua outra mão sobe até minhas costas para me equilibrar.

— Está bem? — ele pergunta.

Dou uma risada, um pouco tensa de vergonha e... algo mais.

— Sim. Estou.

Seus olhos azuis encaram os meus por mais um momento antes de ele acenar com a cabeça e me soltar.

Ele olha para o presente.

— Não precisava ter me comprado nada.

Reviro os olhos.

— Não seja *chato*. Abre logo.

Archer apoia a caixa no chão e se ajoelha para desembrulhá-la enquanto observo com o lábio inferior entre os dentes, de súbito insegura. A ideia para o presente me surgiu de repente algumas semanas atrás. Nem sabia se esse tipo de coisa existia, mas fiquei feliz quando, depois de algumas pesquisas na internet, encontrei exatamente o que tinha imaginado.

Agora, porém, parece...

Besta.

Talvez até ridículo.

Mas, quando ele termina de arrancar o embrulho, não ri.

Na verdade, ele não faz nem fala nada. Fica apenas encarando a imagem e o nome estampados na lateral da caixa grande.

— É uma luminária — explico, nervosa. — Feita para uso externo. Imita a luz do luar, e pensei que talvez... pensei que você poderia usá-la quando não tivesse luz suficiente para desenhar.

— Nossa — ele diz com a voz suave.

— É bobagem? — pergunto, colocando as mãos nos bolsos da parca.

Archer põe uma mão em cima da caixa e ergue os olhos para mim.

— Não. É um presente bom, Randy. De verdade.

Solto um suspiro de alívio.

Ele se levanta e enfia as mãos nos bolsos.

— Quer usar nossos presentes novos? — pergunta. — Há uma esperança na sua voz que causa um aperto estranho no meu peito. — Mas, se estiver frio demais...

— Não está frio demais — interrompo-o depressa, embora uma voz lá no fundo me diga que meu entusiasmo talvez não se deva apenas ao telescópio.

Archer gesticula para a porta.

— Vou pegar minhas coisas. — Ele aponta para o meu terraço. — *Não* escorregue e morra voltando para lá.

Bato uma leve continência e, com cuidado, volto para o meu terraço, embora o vão entre as casas não represente uma ameaça a nada além do meu orgulho se eu escorregar.

Assim que estou de volta em segurança, me posiciono atrás do telescópio, soltando um suspiro contente de felicidade quando o ajusto e dou minha primeira olhada. Estar logo depois do rio de Manhattan não oferece as melhores condições para observar estrelas. Mesmo com um corpo de água entre mim e os arranha-céus, a poluição luminosa ainda é muito intensa. Mas nem isso consegue diminuir o encanto do momento.

Não muito tempo depois, ouço a porta do terraço de Archer, seguida pelo som de um estilete cortando a embalagem.

Muito tempo depois, me afasto do meu novo telescópio e vejo que ele está concentrado desenhando com sua nova luminária lunar emitindo um brilho quente e suave ao lado dele.

E, mesmo sendo tarde, volto a observar as estrelas, surpresa ao me dar conta que meu desejo de dormir cedo e ficar sozinha não parece valer quando estou aqui em cima.

Evito pensar muito sobre o motivo. Nem que o homem ao meu lado pode ser exatamente sobre o que meu horóscopo estava me alertando.

♑

TEMPORADA DE CAPRICÓRNIO

A energia de hoje vai parecer bastante conflituosa para você, querida geminiana. Você vai sentir uma percepção incômoda logo abaixo da superfície. Resista à vontade de se aprofundar demais muito cedo. Não se brinca com o tempo do universo.

— Ai, meu Deus. Por favor, não — digo, virando as costas para o espelho e esticando o pescoço para ver as costas pelo reflexo. — Ah, só *pode* estar de brincadeira.

Falta menos de uma hora para o Christian me buscar para a festa de fim de ano da empresa, e, enquanto experimentava minhas duas opções de vestido, consegui prender o zíper de um deles.

Na calcinha.

É um daqueles momentos horríveis que toda mulher que mora sozinha sabe que vai acontecer um dia. Se ainda estivesse em Manhattan, até me dava bem com a professora que morava ao lado na residência universitária para pedir esse tipo de favor constrangedor, mas aqui...

Tento puxar, mas não consigo. Não me incomodaria de rasgar a calcinha, mas o vestido custou os olhos da cara, e eu estava muito animada para usá-lo hoje.

Solto o ar e avalio minhas opções, considerando o pouco tempo que tenho.

São três.

1. Esperar Christian chegar e passar a vergonha de pedir ajuda.
2. Cancelar.
3. Beira o impensável, mas...

Visto uma calça de ioga por baixo da saia, meias felpudas até o joelho por cima da calça de ioga, e desço às pressas para colocar as botas e a parca. Depois de abrir a porta, ando devagar pela trilha até o portão da frente, até o de Archer e até a porta de sua casa.

Vou devagar, porque caiu a primeira quase-nevasca de Nova Jersey ontem à noite. Digo quase porque foram apenas uns três ou quatro centímetros de neve, que agora se transformaram numa gosma cinzenta escorregadia, mas, mesmo assim, não quero somar uma bunda molhada ou um punho quebrado ao constrangimento da noite.

— Por favor, esteja em casa — murmuro, impaciente, enquanto aperto a campainha.

Ele abre a porta um pouco depois, a irritação se transformando em surpresa ao me ver.

— Randy. O que você está fazendo aqui?

— Ah, vá. Você vive aparecendo na minha casa sem avisar — retruco, passando por ele para entrar na sua casa.

— Você se arrumou toda só para bisbilhotar meu ateliê? — pergunta ele, fechando a porta.

— Pela centésima vez, não estou nem aí para o seu ateliê — respondo. — Você já deixou bem claro que ninguém pode entrar lá.

— Então está aqui porque...

— Preciso de um favor. — Cruzo os braços. — E você tem que prometer que não vai rir.

Ele balança a cabeça.

— De jeito nenhum.

Suspiro.

— Certo. Mas não vou te contar parado aqui nessa sua entrada congelante.

Ele aponta para a cozinha, e vou atrás.

Já estive na casa do Archer algumas vezes, a maioria para pegar uma chave de fenda emprestada porque até hoje não descobri onde a Lillian guarda a dela, e uma vez porque fiquei sem sabão em pó.

É uma casa mais aconchegante do que se esperaria de alguém tão ranzinza quanto o Archer, mas ainda assim tem um ar bem masculino. A planta é idêntica à da minha casa, mas, em vez do papel de parede floral da Lillian, suas paredes são de um tom cinza-escuro, quase preto. As cores vêm das obras de arte espalhadas por todo canto.

— Nenhuma dessas obras é sua — comento, apontando. Não entendo quase nada de arte, mas, embora não tenha visto os quadros do Archer pessoalmente, sei o suficiente para reconhecer que essas não são dele.

— Não são.

— Por quê?

— Porque minha arte é meu trabalho. Deixo meu trabalho no ateliê, como qualquer um deixaria suas pastas no escritório.

Entro na sua cozinha, que é moderna e agradável. Os eletrodomésticos da Lillian não são trocados há anos, e todas as superfícies são cobertas ou por um pote de biscoitos ou uma coleção de latas de chá ou um galo de vidro soprado verde-água. A cozinha do Archer, apesar de ter a mesma planta, não é nada parecida. O conjunto de forno e fogão é elegante, com acabamento de cobre, e a única coisa sobre as bancadas é uma garrafa de uísque, que agora reconheço como sendo o de centeio de que ele tanto gosta.

— Por que comprou esta casa? Ou alugou? — pergunto, olhando para ele.

— Comprei.

Estou louca para perguntar *como*, já que ele não é muito mais velho que eu e, graças à Lillian, sei que essa fileira de chalés é muito disputada e caríssima. Mas a pergunta seria um pouco grosseira demais, até mesmo para o estilo direto de conversa que tenho com Archer.

— Mas você é artista, e Manhattan é tipo... bom, a Daphne diz que é a meca dos amantes da arte — insisto.

— Dos amantes da arte, sim. Para artistas? Tenho quase certeza de que, para algumas pessoas, a cidade serve de inspiração. Para mim, é mais... distração. Gosto de estar perto o suficiente para ir a uma galeria quando preciso, mas, no geral, prefiro o silêncio e a solidão. Ou o que costumava ser silêncio e solidão — acrescenta, me lançando um olhar mordaz.

Sentindo-me um pouco magoada por ele ainda se sentir dessa maneira, desvio o olhar rapidamente. Também achei que ele estava invadindo meu silêncio e minha solidão naquele primeiro dia no terraço, mas não me sinto assim desde... muito tempo. Não sabia que ele ainda se sentia.

— Ei — Archer dá a volta pela bancada para ficar do mesmo lado que eu. Ele se apoia nela, cruza os braços e se curva para o seu rosto ficar mais na altura do meu. — Randy.

— Oi?

Ele estende a mão, erguendo meu queixo com o indicador, soltando assim que nossos olhos se encontram.

— Não foi isso que eu quis dizer.

— Aham.

— Sério. Quis dizer que... — Ele solta o ar, frustrado. — Você atrapalhou, sim, a minha solidão. Mas não... não me incomodo. Não tanto quanto pensei que me incomodaria. Nem um pouco, na verdade.

— Ah. Eu...

— Qual é o favor? — ele me interrompe.

— O favor... ahhh. Ah, sim — digo, me lembrando do vestido. Aponto para o uísque. — Vou precisar de um gole disso aí.

Ele pega a garrafa e dois potes de conserva, já que parece não ter nenhum copo normal, e serve um pouco em cada.

Viro o meu de uma vez, e suas sobrancelhas se erguem.

— É um favor tão grave assim?

— É grave — respondo com a voz carregada. Antes que perca a coragem, abro o zíper da parca.

O olhar de Archer acompanha o movimento do zíper, observando o vestidinho preto, que, visto de frente, é bem discreto. De trás também seria. Se não estivesse aberto.

— Por favor, diga que não está aqui atrás de conselho de moda. Está até que ok.

— Obrigada pelo grande elogio, mas não. Não é isso. Acho que estou um pouco... presa.

Viro de costas e, fechando os olhos como se isso pudesse conter a vergonha, tiro o casaco.

Cai um longo silêncio, e arrisco um olhar por cima do ombro e vejo Archer encarando minhas costas, com uma mão cobrindo a parte de baixo do rosto.

— Você falou que não ia rir — acuso.

— Não, lembro muito bem de não ter prometido nada — ele declara, abaixando a mão e revelando um sorriso que, embora não seja bem uma gargalhada, é o humor mais expressivo que já vi no seu rosto.

— Só resolva logo. Mas, por favor, não estrague o zíper. Gosto muito deste vestido.

Ele entorna a bebida, depois se aproxima. Nossos olhares se cruzam por uma fração de segundo antes de eu virar a cabeça.

— Por que você está tão arrumada, aliás? — ele pergunta.

Dou um leve sobressalto quando seus dedos encostam na minha lombar.

— Desculpa. — Sua voz está rouca. — Minhas mãos estão geladas?

Nem um pouco.

— Não, tudo bem — respondo, limpando a garganta. — Hum, tem a festa de fim de ano da empresa do Christian. Ele vem me buscar daqui a pouco, e eu não queria que ele chegasse e me encontrasse... assim.

— Se vale de consolo, duvido que ele teria se incomodado — diz Archer. — Os homens costumam gostar de ver as mulheres com quem estão saindo de lingerie. Ainda mais preta.

Minhas bochechas ardem, e não sei se é de vergonha ou pela proximidade.

— Como você conseguiu fazer isso? — ele murmura.

— Minha calcinha é de renda — respondo, na defensiva. — Prende fácil.

— É, estou vendo — ele diz, um pouco sem ar.

Um minuto depois, ele solta um pequeno resmungo satisfeito, e o zíper sobe.

— Obrigada — agradeço com alívio quando ele puxa o zíper até o fim. — Pode também... tem um ganchinho em cima.

— Claro.

Ele prende o gancho e dá um passo para trás quando me viro.

— E então? — Abro os braços para os lados, olhando para baixo. O vestido era bem discreto no cabide. Talvez ainda seja, mas gosto como ele valoriza o corpo de maneira feminina sem ser justo a ponto de tirar todo o mistério.

— Linda a meia — ele diz, apontando com o queixo para as meias roxas felpudas que coloquei para me aquecer.

Baixo os braços, um pouco desapontada, embora nem saiba ao certo o que esperava, já que ele já tinha declarado que o vestido era *até que ok*.

— Obrigada pela ajuda — falo com sinceridade. — Juro que não vou fazer disso um hábito.

— Bom, sempre que quiser vir de calcinha de renda preta... — Seu sorriso é rápido, mal dando para ver seus dentes.

— Ah, claro. Porque você parece muito encantado pelos meus dotes femininos — digo, com uma pitada de acidez, enquanto me dirijo à porta da frente, voltando a vestir a jaqueta sem parar de andar.

Archer me acompanha até a saída, mas, quando abro a porta, ele coloca a mão sobre ela e a fecha de novo.

Ergo os olhos, sem entender, e seus olhos azuis são cautelosos enquanto ele cerra o maxilar por um breve segundo.

— Ei. Randy. Você está... bem. Ok? Está bonita.

O olhar cauteloso desaparece por uma fração de segundo, revelando o que eu poderia jurar ser um vislumbre de desejo antes de desaparecer.

— Melhor — falo, tentando soar casual, embora minha voz saia ofegante.

Em comparação com outros elogios, as palavras de Archer estão longe de ser poesia para os meus ouvidos. Então não sei explicar por que sinto um calor tão forte no caminho de volta para casa, apesar da temperatura abaixo de zero.

Ou por que, horas depois, mesmo nos braços de Christian, ainda consigo jurar que sinto o toque dos dedos de Archer nas minhas costas...

TEMPORADA DE CAPRICÓRNIO

Os fogos de artifício vão lançar você numa nova direção eletrizante, querida geminiana. Mergulhe de cabeça naquilo que a assusta, pois sua maior aventura começa com um salto rumo ao desconhecido. O universo está se alinhando para te guiar, então aproveite os fogos e deixe que iluminem seu caminho em direção a novos horizontes.

Uma previsão de fogos de artifício na véspera de Ano-Novo? Não estou tão impressionada assim com o horóscopo óbvio do Zodiac Zone de hoje.

Não sou *fã* dessa festa. Nunca fui.

Na maioria dos anos, passo o réveillon de moletom no sofá, na cama às dez, e, para ser sincera? Nunca me incomodei com essa tradição.

No entanto, parece que era assim que a dra. Miranda Reed, PhD, passava o réveillon. Miranda, a astróloga em formação?

Parece que ela tem *planos.*

Convites de última hora, *dois*, aliás, que meu horóscopo de 29 de dezembro tinha sugerido fortemente que eu aceitasse.

A noite começou em Manhattan. Christian fez reservas num superclube de jazz chique no Upper West Side.

Foi divertido. Quer dizer, foi *ok*.

Na verdade, não gosto muito desses menus fechados que os restaurantes costumam fazer nas festas. Por que tudo precisa levar trufa? E se eu quiser só um franguinho?

Também não sou muito fã de jazz. Sei que é moderno e sofisticado, mas só... não gosto. É caótico demais.

E, por fim, a verdadeira surpresa.

Não amo esse homem.

Acho que nunca vou amar.

Gosto de Christian. Muito. Mas está cada vez mais difícil fugir da verdade:

Escrito nas estrelas ou não, Christian Hughes não é o homem certo para mim. É por isso que nunca tenho pressa para retornar suas ligações ou responder a suas mensagens. É por isso que nunca consigo relaxar de verdade perto dele.

É por isso que, no fundo, fiquei aliviada quando ele me disse que não poderia passar a noite, porque a mãe de Kylee precisou trocar os dias e vai deixá-la na casa dele amanhã cedo.

Hoje deveria ser *a* noite com Christian, mas minha intuição diz que isso não é apenas uma pausa ou um adiamento. É um sinal.

Se não fosse o medo de Kylee se apegar, talvez eu até tentasse um pouco mais, mas não vou correr o risco de partir o coração daquela menina quando, inevitavelmente, minha relação com o pai dela acabar. Nem mesmo por causa do Projeto Horóscopo.

Mas esse é um problema para janeiro.

Minha genialidade pode não se estender ao campo dos relacionamentos, mas até eu sei que terminar com alguém na véspera de Ano-Novo não é uma boa ideia, ainda mais quando temos outra festa para ir.

A festa de Archer.

Nem sabia que essas palavras podiam existir na mesma frase, mas o convite chegou alguns dias atrás.

E *convite* é mais um eufemismo para "ordem seca enviada por mensagem".

> Festa de réveillon na minha casa. Alyssa vai dar e mandou te incluir. Vem.

Alyssa.

A mulher que, até muito pouco tempo atrás, eu achava que ele tinha inventado.

E que, talvez parte de mim até *desejasse* que fosse invenção. Uma parte de mim que, seguindo meu horóscopo, estou decidida a não alimentar.

Não estava muito animada para uma festa com um monte de desconhecidos, então até que fiquei aliviada por já ter passado das onze quando voltamos da cidade. Significa que vou ter que aturar menos de uma hora de socialização antes da contagem regressiva. Com sorte, vou conseguir me encontrar com meu irrigador bucal de confiança antes da meia-noite e quinze.

— Então, me conta sobre essa tal de Alyssa — Christian diz enquanto vestimos nossos casacos antes da caminhada curta mas congelante até a casa de Archer. — Tem algo que eu deva saber?

— Nunca a conheci, na verdade. Tudo que sei é que ela é uma agente famosa. Archer contou que ela trabalha com celebridades que estão em transição de carreira. Tipo atletas que viram comentaristas esportivos, cantores que viram apresentadores de talk show, atrizes que querem lançar programas de culinária. Esse tipo de coisa.

— Interessante. Como ela e Archer se conheceram?

— Bom, os detalhes são vagos, porque as habilidades de

conversa de Archer também são escassas, mas acho que um reality show queria fazer um programa sobre residência artística, e queriam que Archer participasse. Ela entrou na jogada. E depois ela e Archer... se envolveram.

— Eles devem estar *bem* envolvidos se estão dando uma festa juntos.

— Hum, acho que *juntos* não é bem a palavra — falo. — Archer não é bem do tipo festeiro. Fiquei com a impressão de que a ideia foi da Alyssa.

— Acha que ela convidou a gente para você não chamar a polícia por causa do barulho?

— Hm. Acho mais provável que ela queira acesso ao meu terraço.

— Seu terraço? Está abaixo de zero hoje.

— Lillian comentou que dá para ver os fogos de artifício da virada lá de cima. Talvez a lista de convidados deles seja grande demais para caber só no terraço do Archer?

Não comento o quanto me incomoda a ideia de alguém estar no meu terraço.

Estou sendo possessiva com o terraço.

Só com o terraço. Com certeza só com o terraço.

Quando chegamos à casa ao lado, há um bilhete na porta do Archer falando para as pessoas entrarem. A onda de barulho que nos atinge quando abro a porta já indica que essa não é a reuniãozinha íntima que eu estava torcendo que fosse.

— Oi! Podem entrar — uma loira alta diz quando chegamos à cozinha de Archer. — Vocês devem ser a vizinha e o namorado da vizinha. Bem-vindos! Eu sou a Alyssa.

— Oi, sou Miranda. Esse é o Christian.

Alyssa, como eu já esperava, é deslumbrante. É também um pouco mais velha do que imaginei. Alguns anos mais velha que Archer, eu diria, embora não haja nada nela que pareça *velho*, apenas... interessante, como se ela tivesse um milhão de histórias para contar, e todas fossem tão brilhantes e luminosas quanto ela.

Porque *nossa*. Ela é muito simpática.

— Que bom que vieram — ela comenta, nos conduzindo mais para dentro da casa. — Tomem! Champanhe.

Ela pega duas taças de cristal que devem ser alugadas, porque não consigo imaginar Archer tendo algo tão sofisticado, e nos guia para um balde de gelo com várias garrafas de champanhe abertas.

— Aquele é Jackson Burke — Christian murmura no meu ouvido enquanto serve uma taça para cada um de nós.

O nome não me diz nada, mas seu entusiasmo é evidente quando olha para um homem alto e bonito com o braço ao redor de uma loira linda.

— Quem? — Aceito o champanhe, tentando não sentir que é errado não ser um pote de conserva com uísque de centeio Michter's. Tentando não sentir que todas essas pessoas na casa do Archer estão no lugar errado.

— Ex-quarterback, com anéis do Super Bowl para provar que era bom mesmo — Alyssa explica, ouvindo nossa conversa. — Cliente meu.

Ela sorri para Christian.

— Quer ser apresentado?

— Nossa. — Christian parece meio deslumbrado, e chega a ser fofo. — Com certeza.

Toco seu braço.

— Vai lá. Vou dar uma passada no banheiro.

Alyssa aponta.

— Primeira à esquerda.

Mordo a bochecha para não dizer que sei onde é o banheiro. Que já estive aqui antes. Não com frequência, mas mais do que *ela*, pelo menos nos últimos tempos.

Sacudo a cabeça para voltar a mim. *Qual é o problema, Miranda? A casa não é sua. Nem o homem...*

Não preciso usar o banheiro, na verdade. Só preciso de um momento para me recolher e me centrar. Nunca gostei de grandes eventos e, com esse logo na sequência da festa de fim de ano da empresa do Christian, minha bateria social está um pouco esgotada.

O banheiro está ocupado quando chego, então espero no corredor, observando as várias obras de arte. São diferentes das que ficam na entrada da casa do Archer. A maioria são esboços, mas todos estão emoldurados. Para meu olhar leigo, parece uma coleção eclética, sem duas obras do mesmo artista, e nenhuma assinada pelo próprio Archer.

Vou até o fim do corredor, onde, na minha casa, fica o quarto de Lillian. Não é o maior da casa, mas ela se mudou para ele depois da cirurgia no quadril, há alguns anos, para diminuir o uso da escada.

A porta equivalente na casa do Archer está fechada, e nela há um cartaz com as palavras *Proibido entrar*, sublinhadas para dar ênfase.

O bilhete na entrada hoje, convidando as pessoas para entrar, estava escrito com uma letra feminina e linda, provavelmente de Alyssa.

Não há nada de lindo nessas palavras duras e assertivas.

É o ateliê de Archer.

— Olha só o que por fim encontrei — murmuro, porque todas as vezes que olhei para a casa dele, ele fez questão de me dizer que ninguém pode nem chegar perto do seu ateliê. Nunca.

Levo a mão à maçaneta, mas a afasto logo.

O que estou fazendo?

Sempre sigo as regras. Respeito o espaço pessoal dos outros. Nunca quebraria a confiança de Archer.

Mas...

A súbita vontade de saber um pouco mais sobre aquele homem parece impossível de resistir.

Mordo o canto do lábio, hesitando por apenas mais um momento antes de olhar por sobre o ombro para ver se tem alguma testemunha, e entro no cômodo proibido.

Mesmo que eu não soubesse que era o ateliê de Archer, o cheiro deixaria claro: tinta misturada com o sabonete ou o perfume do Archer, ou seja lá o que faz com que ele tenha aquele cheiro tão... dele.

Por algum motivo, imaginei que seria branco. Paredes brancas, talvez uma lona branca no chão para proteger do respingo da tinta. Mas, tirando uma pilha de telas em branco amontoadas com cuidado num canto, tudo ali é sombriamente masculino. Limpo, mas não impecável. Há um armário grande na parede oposta, mas o restante das paredes de tijolos está coberto, como era de se esperar, por obras de arte. Obras do Archer.

Esse mesmo cômodo na casa de Lillian *deveria* parecer igual, e acho que até tem algumas semelhanças, mas esse consegue ter a essência de Archer.

O espaço é iluminado por uma luz quente, e sorrio ao perceber que é a luminária lunar que dei para ele de Natal. Ele a trouxe para dentro por causa da festa. Logicamente, sei que foi para abrir mais espaço no terraço para assistir aos fogos de artifício à meia-noite, mas gosto de pensar que ele a colocou aqui para que não acontecesse nada com ela.

Eu me viro para o que deve ser sua estação de trabalho: uma mesa enorme de madeira coberta de tinta e um banco simples de madeira, escondido nas sombras, com...

Um homem sentado.

Levo um susto tão grande que meu champanhe espirra na mão. Sacudo para secar.

— Nossa, Archer. O que você está fazendo aqui?

Ele também segura uma taça de champanhe e dá um golinho antes de responder:

— Bom. Qual de nós deveria estar fazendo essa pergunta?

Eu me encolho porque sei que ele tem toda razão. Eu é que não deveria estar aqui, e entrar sem permissão foi muito feio da minha parte.

— Desculpa. Desculpa *de verdade.* Já estou indo — falo, recuando devagar. — E desculpa de novo.

— Randy?

— Oi? — Eu me preparo para levar uma bronca merecida pela minha intromissão.

Ele suspira.

— Primeiro o terraço, agora meu ateliê. Devo estar me acostumando com a sua presença, porque não estou tão bravo assim.

Estreito os olhos, desconfiada, e aponto com o queixo para sua taça de champanhe.

— Sei. Quantas dessas você já tomou?

Ele a balança.

— É a primeira. Não sou muito fã de champanhe.

Quem diria. Eu o observo.

— Não está mesmo bravo?

Ele faz que não.

— Por que está aqui? A festa é sua.

— Não. — Ele toma mais um gole de champanhe. — A festa é da Alyssa. Na minha casa. Não conheço metade da lista de convidados.

— Pensei que ela tivesse uma casa na cidade.

— Tem. Em Tribeca. Mas não tem área externa, então não dá para ver os... — ele aponta para cima, com desinteresse — ... fogos.

— Ah. Faz sentido. Ela é muito bonita — comento, enquanto começo a andar pelo ateliê. Estando ele ou não acostumado comigo, não acho que vou ter outra oportunidade de entrar aqui.

— Ela é.

— São maiores do que parecem pela internet — comento, parando na frente de uma tela enorme, mais alta do que eu, que parece ser seu projeto em andamento.

Inclino a cabeça, reconhecendo o contorno característico de uma pirâmide ao fundo.

— Paris. É sua próxima série. Daphne queria saber.

Ele parece surpreso. E irritado.

— Você fala com a Daphne sobre minhas obras?

— Não. *Ela* fala *comigo* sobre as suas obras. Ela gosta muito de arte. Parece que todo mundo está especulando seus próximos passos.

— Maravilha — ele murmura.

— Era lá que você estava quando me mudei para cá? — pergunto, voltando o olhar para a tela. — Em Paris?

— Sim — ele responde. — Três meses.

— Três meses! — repito, surpresa.

— Foi o tempo que levei para encontrar o tom que queria. Para a primeira série, passei seis meses em Tóquio.

— Você sempre pinta cidades? Foca em viagens?

— Não. A de Tóquio não foi planejada. Fui visitar um amigo por uma semana. Me senti inspirado. Fiquei. Pintei.

— A Daphne me disse que isso causou um furor no mundo da arte. Que você já fazia sucesso, mas que levou você a outro nível.

Ele se levanta e se junta a mim diante da tela.

— Acho que as pessoas gostam de obras de viagem.

— Talvez porque ofereçam uma fuga do próprio mundo.

Ainda mais quando são tão grandes, tão vibrantes. Você deve *sentir* isso quando pinta.

— Às vezes.

Olho para ele.

— Não parece muito... empolgado.

Ele dá de ombros.

— Fugir da própria realidade só é bom quando você não *gosta* da realidade que tem. Tóquio foi ótimo porque, na época, eu estava me sentindo... perdido.

É a confissão mais emocional que já ouvi de Archer e, embora eu esteja louca para saber se isso tem a ver com o fim do seu noivado, também sei que é melhor ir com cuidado. Se eu não abrir essa porta da sua alma com delicadeza, ele vai fechá-la na minha cara de novo.

Na verdade, meu instinto me diz para nem abrir a boca. Para esperar.

Depois de um momento, meus instintos são recompensados.

— Fui para lá depois que a Willow... terminou tudo. — Ele me lança um olhar irônico. — Mas isso você já sabia.

— Não — respondo. — A internet só sabe que vocês estavam noivos e que terminaram. Não que foi *ela* quem terminou. Nem por quê.

Nem que você se sentiu perdido depois.

Só de imaginar isso já me dá vontade de chorar.

— Acho que nem eu sei por que terminou — ele comenta, com uma risada amarga que mal disfarça a dor na voz.

— Ela não falou?

— Ah, falou — ele responde, ainda olhando fixo para o quadro de Paris, embora pareça estar vendo outra coisa. — O *vidente* dela falou que a gente não era compatível.

Meu queixo cai um pouco.

— O... vidente.

— Bom, a Willow o chamava de *conselheiro espiritual.* Pode chamar como quiser, mas o desgraçado explicou que as estrelas, ou o universo, ou sei lá o quê, não queriam que a gente ficasse junto. Nove dias antes do casamento.

Coloco a mão no seu braço.

— Archer. Isso é... nem sei o que dizer. É horrível.

De partir o coração.

Ele olha para baixo.

— Deve ter sido melhor assim. Me obrigou a definir algumas regras novas, e estou melhor por causa disso.

— Que regras?

Archer ergue a cabeça e vira o restante do champanhe de um gole só.

— Não me envolver com ninguém que coloque os desejos do *universo* acima dos seus.

Antes que eu consiga processar isso, ouço um burburinho alto de vozes do lado de fora da porta, seguido de passos.

Ergo os olhos.

— Deve ser quase meia-noite. Está todo mundo subindo para a contagem regressiva.

Ele olha para o relógio.

— Nove minutos.

Aceno, pronta para me juntar ao grupo. A Christian.

Mas meus pés não saem do lugar.

Archer parece sentir o mesmo, porque, em vez de sugerir que vejamos os fogos, ele aponta com a taça vazia para a pintura de Paris à nossa frente.

— O que acha disso, Randy?

Volto a atenção para a tela, surpresa com a mudança de assunto, mas também sentindo que ele *precisa* mudar de assunto.

— Acho linda — respondo com sinceridade. Ele pintou a famosa pirâmide em frente ao Louvre, mas tomou algumas liberdades com as cores e perspectivas. Nada daquelas paletas suaves e silhuetas delicadas que a gente associa a Paris. Parece uma versão alternativa da cidade, num universo que te convida a explorar.

— É — ele concorda. — É mesmo.

Olho para seu perfil tenso.

— Você não parece satisfeito.

— Sei lá — diz ele, com frustração. — A série de Paris não está me consumindo como eu queria.

— É assim que você quer se sentir? Consumido?

— Em relação à arte, sim. Senão, qual é o sentido?

— Hum. — Coço a bochecha. — Bom. *Alguma* coisa tem te consumido nos últimos tempos? Talvez seja por aí que você deva começar.

— Tem, sim. — Ele está distraído. — Mas não é nada parecido com a minha série de Tóquio. É isso que as pessoas querem. Esperam.

Sorrio.

— Como alguém que abandonou o mundo da lógica e da ciência para se aventurar na astrologia, posso dizer que frustrar expectativas às vezes abre portas inesperadas.

Ele não retribui o sorriso.

— Portas inesperadas. Tipo a que levou você até o Christian.

Hesito.

Talvez agora não seja a hora de dizer que pretendo terminar com o Christian. Ou talvez seja *exatamente* a hora, e é isso que me apavora.

Archer se volta para mim e me observa com calma.

— O mesmo vestido da outra noite.

Olho para baixo.

— Está passando por todas as festas de fim de ano.

— Mesma lingerie também?

Meu cérebro tenta encontrar alguma resposta engraçadinha, algo que alivie a tensão, mas a memória dos seus dedos na minha pele fechando o zíper do vestido na outra noite, quando ele *viu* a tal lingerie, parece dominar todos os outros pensamentos, e tudo que consigo fazer é assentir com a cabeça.

Nenhum de nós fala nada por um longo momento. O silêncio não é desconfortável, mas há uma tensão nova vibrando entre nós.

A tensão é interrompida por uma série de estouros abruptos, tão inesperados que dou um pulo, levando a mão ao coração, que agora bate acelerado por *dois* motivos.

— Fogos — Archer afirma, um pouco tenso, sem tirar os olhos de mim.

Engulo em seco.

— Deve ser meia-noite. Vamos cantar "Adeus, ano velho" ou algo assim?

O canto da sua boca se contrai, seu olhar demonstrando algo que pode ser ironia, mas que por um momento lembra muito afeto.

— Fala sério, Randy — ele diz com suavidade, pegando a taça da minha mão e a colocando de lado junto à sua. — Não é assim que se celebra o Ano-Novo.

Antes que eu consiga processar o que ele quer dizer, ele aproxima o rosto do meu. Hesita por um instante antes do beijo, seus olhos encarando os meus, brilhando com uma emoção que não reconheço.

Os lábios de Archer tocam os meus.

E todas as células do meu corpo parecem despertar de um sono profundo.

Objetivamente, é só um simples beijo de Ano-Novo como

qualquer outro. Um selinho entre amigos muito parecido com os que estão sendo trocados por toda a Costa Leste do país agora. Como os beijos sem importância sendo trocados no nosso terraço neste exato momento.

Mas subjetivamente?

Não há nada de simples neste beijo.

Não na forma como seus lábios demoram um pouco mais do que deveriam.

Não na forma como me tiram o fôlego.

Nem na forma como *ardo* com o desejo de puxá-lo de volta. De beijá-lo de novo. De nunca parar.

Devagar, me obrigo a abrir os olhos, encontrando o rosto de Archer ainda a poucos centímetros do meu, seus olhos azul-escuros refletindo o mesmo desejo frustrado que sinto.

— Feliz Ano-Novo, Randy — ele sussurra com a voz rouca.

— Feliz Ano-Novo — sussurro de volta. Meu olhar desce até sua boca.

Mergulhe de cabeça naquilo que a assusta, pois sua maior aventura começa com um salto rumo ao desconhecido...

Isso. É *isso* que me assusta. Porque o que quer que seja parece *grande* demais para caber na efemeridade do que este ano sabático experimental deveria ter.

Mergulhe de cabeça naquilo que a assusta...

Fico na ponta dos pés e encosto minha boca na sua.

A resposta de Archer é imediata, como se ele estivesse esperando por isso. *Desejando*.

Sua outra mão sobe para envolver meu rosto, os dedos deslizando pelo meu cabelo, inclinando minha cabeça para intensificar o beijo. Seus lábios sedentos e determinados separam os meus. Minha língua toca a sua timidamente, ele solta um gemido grave e satisfeito, que sinto ressoar dentro de mim.

Minhas mãos, antes apoiadas com leveza em seu peito, agora se agarram à caxemira macia do seu suéter, puxando-o para mais perto, precisando de mais...

Em algum lugar da casa, uma porta bate, seguida pelo som de vozes risonhas descendo a escada.

Cai a ficha do que estou fazendo e me afasto dos seus lábios, assustada.

Ficamos nos encarando, as respirações curtas, o espaço entre nós carregado de incerteza e algo que não sei nomear.

Levo uma mão trêmula aos lábios.

— Archer...

O olhar dele vasculha o meu.

— Isso teve algo a ver com o seu horóscopo?

Ainda estou me sentindo um pouco desequilibrada, então demoro um segundo para entender a pergunta.

— O quê?

Seus dedos, ainda no meu cabelo, apertam um pouco.

— O seu horóscopo, Randy. Teve algo a ver com o que acabou de acontecer?

— Eu... — Ainda tento organizar os pensamentos. — Até que sim, mas...

Ele me solta abruptamente, vira de costas para mim, agarrando o próprio cabelo dessa vez.

— *Porra*, Randy!

Surpresa e confusa por sua veemência, balanço a cabeça.

— Não entendi, o que...

Ele se volta para mim, a expressão reservada e indecifrável.

— Melhor você ir procurar o Christian — ele solta, com uma frieza na voz que nunca ouvi antes.

Christian. A culpa me invade.

— Nem pense nisso — Archer dispara ao ver minha expressão. — Não sinta culpa. Foi só um beijo qualquer de

Ano-Novo. Nada além disso. Ele provavelmente estava fazendo o mesmo lá em cima. Não significou nada.

Engulo em seco, mas meus pés não saem do lugar.

— Está me ouvindo, Randy? — Archer indaga, a voz ainda fria, um pouco impaciente agora. — Não significou nada.

Por fim, consigo sair do meu torpor, consciente de que preciso me proteger agora. Antes que ele possa me machucar ainda mais.

— Sim, Archer. Tenho um Q.I. de 170. Acho que consigo entender uma rejeição óbvia.

Seu maxilar se contrai e, por um momento, penso, com esperança, que ele vá me contradizer, mas tudo o que recebo é um aceno de cabeça.

Saio do ateliê de cabeça erguida, mas, assim que fecho a porta atrás de mim, ela pende, e me apoio na parede.

Meu horóscopo estava certo sobre os fogos de artifício, e não foram só no céu.

Mas estava muito errado quanto ao restante. Aqueles fogos definitivamente não estavam iluminando meu caminho para novos horizontes.

Na verdade, parece mais o fim de alguma coisa. De algo que nunca nem teve a chance de começar.

♑

TEMPORADA DE CAPRICÓRNIO

Hoje traz à tona uma decisão crucial que exige tanto coragem quanto autoconhecimento. Uma segunda opinião pode ser útil, mas, no fim, será preciso confiar nos seus instintos.

Na tarde do dia seguinte, estou no apartamento da Daphne, em Murray Hill, para nossa boa e velha tradição de chili de Ano-Novo e maratona de *Friends*.

Só que, dessa vez, nossa série favorita é apenas pano de fundo para o assunto em questão: O Beijo.

— Certo, então quanto tempo você diria que durou o beijo? — Daphne pergunta enquanto cobre seu chili com um punhado muito generoso de queijo cheddar.

— O primeiro ou o segundo? — pergunto, colocando uma colherada de creme azedo na minha tigela. O chili é, na verdade, uma tradição da família de Daphne, iniciada pelo avô dela. Mas todo dia 1º de janeiro, todos os Cabbot seguem a mesma receita secreta da família, embora Daphne seja conhecida por tirar a carne quando está numa fase vegetariana.

Pelo visto, ela não parece estar em uma dessas fases, porque o ensopado grosso, condimentado e delicioso está cheio de carne.

— Os dois. Os dois beijos — Daphne esclarece antes de enfiar uma colherada generosa na boca.

— Hum. — Assopro a colher. — Acho que uns dois segundos e... vinte segundos? Então estou exagerando, né? — pergunto, um pouco desesperada. — Foi só um beijo normal de Ano-Novo, não?

— Pode ter sido — ela admite. — Já beijei desconhecidos no réveillon por mais tempo que isso, e tive um beijo memorável uns anos atrás com um pouco de língua. — Ela fica em silêncio, recordando. — Foi um *tesão.* Ainda me arrependo de não ter pegado o número dele. — Ela balança a cabeça. — Mas voltando a ontem à noite... não acho que a duração do beijo seja o fator mais importante. É a quantidade. Um beijo à meia-noite é tradição. Dois é...

— É o quê? — pergunto quando ela fica em silêncio, tentando, sem sucesso, esconder o desespero na minha voz.

Em vez de responder, ela toma um gole do refrigerante zero e estreita os olhos.

— Você contou pro Christian?

Resmungo ao ouvir o nome dele.

— Não. Ele estava todo animado por causa do champanhe, por conhecer o ídolo dele do futebol americano e uma atriz cujo nome já esqueci. Parece que deram um selinho à meia-noite que teria feito o Christian adolescente surtar.

Essa última parte me ajudou a me sentir um pouco melhor. Não tanto, mas... um pouco menos culpada.

— Então vocês não... depois? — Daphne faz um gesto tosco com as mãos.

— Não — respondo. — Ele pegou um Uber depois da festa, como planejado.

Mas não peguei no sono logo depois. Passei metade da noite me virando na cama, relembrando a sensação da boca do Archer na minha. E a outra metade tentando ignorar a mágoa por aquilo pelo visto não ter significado nada.

Ele não poderia ter sido mais claro a respeito.

— Christian não percebeu que você não estava lá à meia-noite?

— Percebeu, mas não pareceu se importar — admito. — Como eu disse, o champanhe estava correndo solto, e ele estava fascinado com a lista de convidados.

— Tá vendo? Então talvez você não tenha com o que se estressar. O réveillon não é nada além de um daqueles momentos estranhos de passagem. E só acontece uma vez por ano. Não significou nada.

Respondo com um aceno distraído.

— Espera. — Daphne me observa com muita atenção. — Você *queria* que o beijo tivesse significado algo?

— Não — respondo rápido. — Por quê? Você acha que significou?

— Amiga, a questão não é o que acho sobre ontem à noite. É o que *você* acha. Você que estava lá. Sentindo tudo.

— Mas sou péssima nessas coisas.

— Nessas *coisas* o quê? — ela pergunta, colocando mais queijo na tigela.

— De entender os homens. De entender o... clima.

— Então *rolou* um clima? — ela me observa com atenção.

— Rolou... alguma coisa — explico, olhando para o chili. — Mas você precisava ver a cara dele quando me falou para procurar o Christian. *Mandou*, na verdade. Era como se achasse que tinha cometido um erro fatal e estava desesperado para apagar os registros.

— Hum. — Daphne mastiga, pensativa. — E o que você vai fazer, então?

Fico mexendo o chili na minha tigela.

— Vou dar ao Archer exatamente o que ele quer e fingir que nada aconteceu.

Daphne coloca a tigela de lado e solta um suspiro.

— Certo, nem acredito que vou falar isso, mas... você não está afastando o Archer por causa da incompatibilidade astrológica, está?

— Completa incompatibilidade — pontuo. — Absolutamente tudo nos nossos mapas astrais aponta para um desastre.

Depois da noite de ontem, eu teria que admitir que as estrelas estavam certas.

Os olhos da minha melhor amiga se estreitam um pouco.

— E você tem *certeza* de que isso não é só uma desculpa? Um lugar onde se esconder para não precisar lidar com sentimentos desconfortáveis?

Dou uma colherada enorme de chili para não ter que reconhecer isso. Nem em voz alta nem nos meus próprios pensamentos.

Daphne suspira.

— Conheço essa cara.

— Que cara?

— Sua cara de teimosa. Aquela expressão que você faz quando decide agir só com a cabeça e *apenas* com a cabeça porque é mais fácil.

— Mais fácil do que o quê?

Ela me lança um olhar paciente.

— Do que escutar seu coração.

TEMPORADA DE CAPRICÓRNIO

Hoje, geminiana, uma oportunidade atraente bate à sua porta. À primeira vista, parece ser a combinação perfeita. No entanto, com Netuno em quadratura com Marte, você pode se ver lutando contra uma sensação nebulosa de direção e impulsos conflitantes. Esse trânsito pode trazer confusão e desorientação. Deixe todas as portas abertas, mas não atravesse nenhuma tão cedo.

— Obrigado por me receber. Ainda mais depois do desastre que foi o Natal — diz meu irmão, agradecendo com um aceno pela taça de vinho que acabei de lhe entregar.

Faço uma careta e me sento no sofá, colocando os pés por baixo de mim.

— Não foi um *desastre*. — Dou um gole de vinho. — Foi?

— Emily chamou de *barraco*, se preferir esse termo — responde Jamie com um sorriso. — E, se serve de consolo, ela achou um espetáculo. Não para de falar sobre isso. Nenhum de nós para.

— Ah, uau, sim. Me sinto *muito* melhor agora — resmungo.

Meu irmão está na cidade para uma conferência e perguntou se a gente podia beber alguma coisa antes do jantar dele com os colegas. Ele até se ofereceu para vir para os lados de Jersey com uma garrafa de vinho muito bom, que estamos tomando agora no chalé.

Jamie nem tenta disfarçar o fascínio pela agressão pitoresca aos sentidos que é a sala da Lillian, que ainda carrega sua marca e seu estilo inconfundíveis, embora eu enfim tenha começado a me sentir mais em casa aqui, em vez de ver o lugar como a "casa da Lillian". Modernizei a cozinha, mandei para o depósito algumas mesas de canto desnecessárias e fiz uma boa limpeza nos armários e estantes, tudo com a permissão dela.

Mas a presença singular de Lillian é mais forte neste cômodo em particular, e não me pareceu certo mexer. Parece importante, de certo modo, mantê-lo como está. Por respeito.

Mas sendo sincera? Isso é só parte da verdade.

Sim, com seu papel de parede espalhafatoso, tapetes descombinados em cores vivas e retratos emoldurados de nada mais nada menos que bundas femininas ou, como a própria Lillian diz, bundas *artísticas*, a sala é tão única e cheia de nuances quanto uma impressão digital. A impressão digital de *Lillian*.

Então, apesar de ela ter me autorizado a guardar o que quisesse, até *incentivado*, a verdade é que deixei este espaço intacto porque preciso dessa lembrança.

Uma lembrança de que esta não é minha casa.

Esta não é minha *vida*.

Eu *não* sou a pessoa que pediu comida etíope ontem à noite só porque o horóscopo sugeriu que eu experimentasse uma culinária nova. Eu não sou a pessoa que está usando batom vermelho-escuro porque o horóscopo de ontem aconselhou a geminiana a mudar o visual.

Gosto de *fingir* ser essa pessoa. Mas o Ano-Novo chegou, e está na hora de começar a me preparar para voltar à vida real.

Porque, em poucos meses, vou voltar a ser eu. A verdadeira eu. E não posso ficar muito à vontade na sala de outra pessoa vivendo a vida de outra pessoa.

— Tinha esquecido que a tia Lillian era tão estranha — Jamie comenta com um sorriso carinhoso, pegando um baralho de uma mesa de canto. — Essas cartas são muito assustadoras.

— É porque não é um baralho qualquer. São cartas de tarô. E são um item de colecionador, então coloca de volta no lugar.

— Sim, *mãe*. — Jamie obedece e levanta as mãos num gesto de rendição antes de pegar a taça de vinho da mesa e se sentar numa poltrona verde-neon em frente a mim.

Ele dá um gole e me lança um olhar curioso.

— Então. Como você está?

— Não — falo de imediato, balançando a cabeça. — Não vamos fazer isso.

Ele parece confuso.

— Fazer o quê? Me importar com a minha irmã?

— Sei que você se importa — respondo, suavizando o tom. — E amo isso. Mas estou cansada dessa narrativa de que a "coitada da Miranda surtou depois que perdeu a titularidade". Estou bem. Mais do que bem.

Jamie se inclina para a frente, com a expressão séria.

— Certo, mas posso só plantar uma sementinha? Uns anos atrás, você foi a um talk show. Não lembro qual. E o apresentador te perguntou especificamente sobre astrologia. Lembra?

Fico um pouco tensa porque sei bem aonde ele quer chegar.

— Claro que lembro, Jay. Eu estava lá.

— Então você se lembra do que disse.

— Expliquei delicadamente que não havia nenhuma evidência científica de que eventos cósmicos exercessem alguma influência direta sobre acontecimentos na Terra.

— Você ainda acredita nisso? — ele pergunta.

Estico a mão para pegar algumas amêndoas da tábua de frios que preparei às pressas.

— Sim.

Meu irmão parece aliviado, mas o que falo em seguida apaga esse alívio.

— Mas não tenho mais tanta certeza de que toda a experiência humana possa ser explicada pela ciência. Ou *deva* ser definida pela ciência.

Ele suspira e se recosta na cadeira.

— Nossa. A tia Lillian te influenciou mesmo, hein?

— Você já leu um horóscopo? — pergunto. — Já leu seu mapa astral? Já estudou o mapa da Emily junto com o seu? Já se perguntou se sua lua em Câncer é o motivo de você estar aqui agora, já que cuidar da família é algo importante para você?

Jamie fica me encarando.

— Claro que não.

— Claro que não — repito. — Mesmo assim, você consegue se sentar aí e me dizer que astrologia não é real. Que tudo que andei fazendo nos últimos meses é bobagem. Você se sente confortável com isso, como cientista? Chegar a uma conclusão sem *nenhum* dado?

Jamie fecha os olhos por um instante, frustrado.

— Não vim aqui para discutir.

— *Por que* veio, então? — pergunto, tentando manter o tom gentil. — Os nossos pais te mandaram para checar se eu ainda estou chateada por causa da ceia de Natal?

Ele sorri um pouco.

— Acho que eles ainda estão se recuperando da acusação de que te obrigaram a entrar para a carreira científica.

— Eu não quis dizer aquilo como uma acusação — explico, me sentindo culpada. — Só estava... perguntando. Lillian deu a entender que houve um tempo em que eu não era tão... racional. E andei pensando se ela não estava certa.

O sorriso de Jamie se alarga.

— Bom, me lembro de uma manhã de Natal em particular em que a mãe e o pai ficaram te empurrando para o seu novo kit de química infantil, mas você estava *muito* mais interessada no pônei rosa de pelúcia que a vó Anne te deu. Você ficava "voando" naquilo para tudo quanto é lado.

Pisco, surpresa.

— Não me lembro disso.

— Sei lá — ele diz. — Você tinha cinco anos. Você superou.

Será mesmo?

Uma pequena parte de mim se pergunta se aquela menina que acreditava que pôneis rosa podiam voar ainda existe, de algum modo. Se ela não estava presente naquela noite no acampamento de verão, quando fez um pedido a uma estrela. E se não está dando as caras agora, numa mulher que está se permitindo acreditar, mesmo que apenas por um tempo, que o universo tem um plano para ela, que os trânsitos planetários podem orientar seus dias, que as estrelas podem levá-la até o amor.

— Certo, hora da confissão — Jamie fala, pousando a taça num porta-copos cintilante. — Não vim aqui só para conversar tomando vinho. Nem só para saber como você está — acrescenta rápido. — Tenho uma... oportunidade para te apresentar.

— Uma oportunidade para...

— Lembra da dra. Lisa Kelling? — ele pergunta.

Franzo o nariz, tentando lembrar.

— Aquela Lisa que você namorou antes de conhecer a Em? Alguns anos mais velha que você? Com um senso de humor sarcástico?

— Essa mesma.

— Ela era ótima. Por que vocês terminaram mesmo?

— A distância estava pesando. Ela está em Stanford.

— Ah, verdade.

— No Departamento de Física de Stanford — Jamie explica.

Ah.

— Que bom para ela — falo, apontando para a sua taça de vinho para distraí-lo. — Mais vinho?

Levanto antes que ele possa responder, mas Jamie não me deixa escapar. Ele também se levanta.

— Ela me ligou outro dia. Não rolou nem quinze segundos de conversa-fiada antes de ela ir direto ao ponto. Você.

Não queria estar curiosa, mas...

Stanford.

— Eu o quê? — pergunto, desconfiada.

— Ela estava sondando sobre seus próximos passos.

Resmungo.

— Então todo mundo já está sabendo que recusaram minha titularidade, hein?

Ele sorri, sem jeito.

— Sinto muito. Você sabe como o mundo acadêmico é pequeno.

— Pequeno e limitado — resmungo.

— Enfim — ele diz, dando de ombros. — O chefe do departamento dela quer conversar com você.

— Ah. Bom. Fico lisonjeada, mas já tenho um emprego me esperando na Nova.

— Uma universidade onde você vai ter que se contentar em ser *professora adjunta* — Jamie declara.

— Vou ter que me contentar em ser adjunta em praticamente qualquer lugar agora — pontuo. — Estou queimada no mercado.

— Não em Stanford — ele responde. — Estão falando da possibilidade de você virar *titular*, Miranda.

Fico imóvel, ainda sem acreditar no que estou ouvindo. Não é de fato impossível, embora seja raro, que alguém consiga voltar para a carreira com titularidade em outro lugar depois de ser rejeitado, mas nunca ouvi falar de receberem uma segunda chance num lugar tão prestigioso quanto Stanford.

— Está de brincadeira.

Ele dá de ombros.

— Parece que algumas universidades veem sua fama como uma vantagem. Sem falar que você é brilhante — ele acrescenta depressa.

— Se safou por pouco. — É tudo que consigo dizer, enquanto minha cabeça começa a se encher de possibilidades e confusão.

Antes que eu consiga organizar meus pensamentos conflitantes, ouço a porta da frente se abrir.

— Randy? Está em casa?

Archer começa a entrar, mas para ao me ver na sala.

Seu olhar encontra o meu por sobre o ombro de Jamie, e dessa vez nossos olhares se enroscam, um milhão de sentimentos indefinidos passando entre nós.

É a primeira vez que nos vemos desde o réveillon.

Fico tentando me convencer de que levei as buzzes do terraço para a estufa só para proteger as flores do frio infernal. Fico tentando me convencer de que Archer está focado na sua série sobre Paris e, por isso, não apareceu para comer minhas sobras.

Mas, quando nossos olhos se encontram, percebo que tudo isso são apenas desculpas. Meias-verdades.

Eu estava evitando o Archer.

E vejo nos olhos dele — na cautela com que me olha agora — que ele também me evitou.

Ele se vira para o meu irmão, que já se aproxima para apertar sua mão.

— Oi, sou Jamie. Irmão da Miranda. Você deve ser o Christian.

Seguro o riso, e os olhos de Archer se estreitam e pousam em mim por um breve momento antes de se voltarem para o meu irmão.

— Não. Só o vizinho. Não o namorado.

Nossa, obrigada por esclarecer, Archer. Não sabia em que pé você estava nessa história.

Tecnicamente, Christian ainda é meu namorado. Ainda estou planejando terminar com ele assim que possível, mas ele recebeu uma ligação no Ano-Novo dizendo que precisaria substituir o chefe numa convenção importante em Dallas, então passou a semana fora. Ele é legal demais para levar um fora por telefone ou mensagem, então estou esperando sua volta para conversar pessoalmente.

— Ah, certo. Prazer — Jamie responde, sem parecer notar a tensão no ar. E se acha estranho meu vizinho entrar na minha casa sem convite, não demonstra.

Meu irmão confere o relógio e faz uma careta.

— Preciso correr para um jantar chato numa daquelas churrascarias sem graça de Midtown. — Ele se vira para mim. — Pense a respeito.

Faço que sim.

— Pense *mesmo* — ele reforça, vindo me dar um abraço rápido de despedida. — E, em troca, não conto para nossos pais sobre a proposta. Ainda.

Retribuo o abraço.

— Prometo.

Ele dá um passo para trás e segura meus ombros por um instante.

— Você merece, Miranda. É o melhor.

Melhor para quem?

— Juro que vou considerar seriamente — digo. — Agora *vai.* Está na hora do rush. Vai se atrasar se não sair agora.

Ele bate uma continência de brincadeira e se despede de Archer com um aceno antes de sair.

Faço o possível para ignorar Archer, mas sinto seu olhar em mim enquanto arrumo a sala, recolhendo as taças de vinho e a comida quase intocada.

— O que você está fazendo aqui? — pergunto, enfim, indo da sala para a cozinha.

— Com fome — ele responde, seco, até para os padrões dele.

Entrego a tábua de frios ao passar por ele.

— Toma. Fica à vontade.

Ele me segue até a cozinha, já pegando pedaços de queijo e embutidos da tábua no caminho.

O vinho que meu irmão trouxe é excelente, então sirvo mais um pouco para mim. Eu me recuso a oferecer uma taça para o meu vizinho, apesar de lamentar um pouco o fim daquela leveza que existia entre nós. Mesmo admitindo, só para mim mesma, que senti falta dele.

Ele coloca a tábua na bancada e continua comendo ao me observar, como se estivesse vendo demais. Permaneço imóvel do outro lado da ilha da cozinha enquanto ele termina a última amêndoa.

— Então. Sobre o que você tem que pensar? — ele pergunta por fim.

— Hum? — Tomo um gole de vinho.

— Seu irmão. Ele queria que você pensasse sobre alguma coisa.

— Sim.

Archer parece frustrado com a minha rispidez atípica, mas azar o dele. Ele definiu as regras. Estou apenas as seguindo.

Penso que ele vai desistir e voltar para sua casa, mas me surpreende tentando outra vez.

— Proposta de emprego?

Aponto para a tábua vazia.

— Foi o suficiente para te encher? Senão, posso te preparar um sanduíche para viagem.

— Estou bem. — Seus olhos se estreitam um pouco com a ênfase em *para viagem*.

— Ótimo. — Pego meu vinho e me dirijo à mesa da cozinha, onde deixei alguns livros de astrologia abertos. Tenho estudado as origens da astrologia ocidental, e estou especialmente envolvida com o período do Iluminismo, quando sua legitimidade foi questionada com severidade.

Archer segura meu cotovelo quando passo, me puxando de leve para que eu o encare. Surpresa com o toque, encontro seu olhar, e vejo ali uma súplica frustrada que nunca tinha visto antes.

— Ei. Randy — ele diz, a voz brusca. — Sei que o réveillon foi um erro. Um erro *meu*. Mas... ainda podemos ser amigos. Pelo menos enquanto você estiver morando aqui?

Fico olhando para seu rosto, e ele vai soltando meu braço aos poucos, embora o calor dos seus dedos pareça permanecer mesmo através da manga grossa do meu suéter.

— Não? — ele indaga depois de um momento, e o breve sinal de súplica em seus olhos faz algo perigoso com o meu coração.

E percebo, pela primeira vez, que Archer é *sim* um amigo. Não apenas um vizinho com quem me dou bem, mas um amigo. Alguém com quem me importo. Alguém que não quero magoar apenas porque *eu* estou magoada.

— Sim. Sim, claro — respondo, suavizando meu tom. — Claro que somos amigos.

Seus olhos vasculham os meus por um momento e, embora ele acene com a cabeça, não parece convencido.

— Certo. Bom. Vou deixar você voltar para... — Ele aponta para os livros.

— Archer — chamo antes que ele saia.

Ele se vira, e hesito apenas um segundo antes de suspirar. Vou até a geladeira e pego uma das suas cervejas preferidas, que, por algum motivo, passei a manter na geladeira nos últimos meses.

— Meu irmão conhece alguém em Stanford — conto. — Querem me entrevistar para uma possível vaga.

Ele aceita a cerveja e dá um longo gole antes de responder, parecendo pensar um pouco.

— Como você se sente sobre isso?

— Eu... não faço ideia — admito, percebendo que a ficha nem começou a cair. — Surpresa, acho. Nunca imaginei que, depois que me negaram a titularidade na Nova, outra universidade desse nível voltaria a olhar para mim.

Archer fica em silêncio, como se sentisse que preciso organizar meus pensamentos e estivesse me dando espaço para isso.

— E estou animada — falo depois de um momento, porque parece ser o que eu deveria estar sentindo. — Afinal, é uma possibilidade de ser titular. Em Stanford.

— Então você chegou à conclusão de que sente falta, no fim das contas? — ele pergunta. — Do mundo universitário, acadêmico.

— Não — respondo tão depressa que me surpreendo. Levanto o dedo. — Me deixa reformular. Ainda não sinto falta da politicagem acadêmica, nem, para ser sincera, da monotonia do ambiente universitário. Mas sinto falta de outras coisas.

— Outras coisas — ele repete. — Tipo dar aula?

— Sim, sinto falta de compartilhar conhecimento com mentes interessadas, mas também sinto falta...

Mexo no meu brinco, envergonhada demais para continuar.

Archer se inclina para a frente, apoiando os cotovelos na bancada, abrindo um pequeno sorriso.

— Somos amigos, lembra?

— Certo. Então. — Inspiro fundo e seguro o ar por um momento. — Sinto falta do *outro* lado. Do, hum... do lado famoso. Sinto falta de aparecer na TV, de participar como convidada em game shows. E dos podcasts e entrevistas e documentários. E nem é tanto pela fama, mas por *divulgar* a ciência. A comunidade acadêmica é muito unida, mas às vezes parece existir uma divisão de "nós contra eles" entre acadêmicos e não acadêmicos, o que meio que vai contra o propósito. Esse conhecimento é feito para ser *compartilhado*.

— E você não poderia fazer tudo isso sem ser professora?

— Não — respondo. — Essas coisas andam lado a lado. Todos os convites para a TV desapareceram assim que saiu a notícia de que negaram minha titularidade. Virei *persona non grata* sem a Nova para me respaldar.

Eu não tinha me dado conta do quanto isso me incomodava. Passei meses inventando desculpas para o *Good Morning America* ter parado de me ligar. E todos os outros programas também. Tentei me convencer de que era só porque não houve nenhuma chuva de meteoros ou nenhum eclipse interessante para comentar, e depois vieram as festas...

Mas está na hora de encarar a realidade. Ninguém vai me ligar porque, agora, não sou ninguém.

— Acha que, se for para Stanford, esses convites vão voltar?

— Não sei — respondo. — Quero acreditar que sim.

— Stanford fica na Califórnia. — Seus olhos encontram os meus ao destacar esse ponto óbvio, mas crucial, e aceno, sentindo um aperto só de pensar, mas...

— Preciso pelo menos fazer a entrevista, né? — digo. — Esse sempre foi o caminho que quis seguir.

Archer se endireita e coça o queixo.

— Estou surpreso que você não esteja consultando seu horóscopo. Não é o que rege a sua vida hoje em dia?

Abro a boca, mas ele levanta a mão.

— Ei. Não fica brava. Só estou lembrando que você tirou um ano para se dedicar a essa história de astrologia. Ela não deveria ter algum papel na sua próxima decisão profissional? Já que tem em outras áreas da sua vida?

— Ué, achei que você odiasse astrologia — comento, estreitando os olhos, lembrando da reação furiosa dele quando meu horóscopo influenciou nosso beijo. Como se o *horóscopo* tivesse sido o culpado pelo *erro*.

Ele desconversa:

— Não odeio, só acho besteira.

Reviro os olhos.

— Que distinção útil.

Franzo a testa.

— É estranho usar astrologia para tomar uma decisão relacionada à ciência.

Ele termina a cerveja e joga a garrafa na lixeira de recicláveis com um dar de ombros.

— A vida é sua, Randy. Mas, de fora? Parece que esse ano todo está sendo um exercício para você aprender a confiar em si mesma. Em quem você é *de verdade.*

Por alguma razão, essa frase simples parece ainda mais difícil de processar do que a própria possibilidade de uma proposta de Stanford.

E muito mais inquietante.

— Espera, como assim? Você solta uma bomba dessas e vai embora? — pergunto, incapaz de esconder a decepção na voz ao vê-lo seguir na direção da porta.

Ele se vira com um leve sorriso.

— Por enquanto. Estou trabalhando em alguns projetos que estão exigindo quase tudo de mim.

— Ah, que ótimo! Você está enfim *consumido* — afirmo,

repetindo a palavra que ele usou para descrever como queria se sentir em relação à sua arte.

— Sim. Acho que estou mesmo — diz, um pouco mais baixo. Começa a voltar pelo corredor antes de se virar para mim de novo. — Ei. Randy.

— Hum?

— O que Stanford vai significar para você e o Christian? Vão tentar namorar à distância?

Acabei de abrir a geladeira para preparar uma salada, mas a fecho de repente. Parece que não estou *tão* pronta assim para superar o réveillon, porque a pergunta cutuca a ferida ainda sensível daquela noite.

— Você está perguntando como *amigo*? — pergunto, com uma ponta de irritação.

Ele pisca por uma fração de segundo a mais, como se não esperasse nem a pergunta nem o tom.

— Sim. Claro. Como o que seria?

Como o que seria? A pergunta diz muito e esfola um pouco meu coração.

— Não sei o que o futuro me reserva — respondo apenas. É uma meia-verdade, porque não me parece justo contar que vou terminar com Christian antes de contar para o próprio Christian.

E também porque tem uma coisa que sei sobre o meu futuro: Simon Archer não parece querer um papel de destaque nele.

TEMPORADA DE AQUÁRIO

O Sol entra em Aquário hoje, querida geminiana, e como Aquário é regido por Urano, que está retrógrado, revolta e mudanças súbitas estão no horizonte. Se há uma conversa difícil que está adiando, agora é a hora. Abra caminho para uma temporada de reinvenção.

O friozinho na barriga que senti antes do meu primeiro encontro com o Christian não se compara ao que sinto antes do que será nosso último encontro. Mas, assim como naquela vez, o friozinho desaparece assim que estou em sua companhia.

Dessa vez, porém, o desaparecimento é um pouco amargo. A percepção de que a ausência desse friozinho nem sempre é um bom sinal. Às vezes, é sinal da falta de *algo*.

Depois do que parece o monólogo mais longo da minha vida, ele suspira, segura a caneca com as duas mãos e me lança um sorriso triste do outro lado da mesa da cozinha.

— Espero que entenda isso como um elogio, mas você é muito boa em terminar com as pessoas.

Rio, surpresa.

— Sou?

Acho melhor não contar que deve ser um talento natural,

porque, na verdade, não tenho nenhuma prática em terminar relacionamentos. Não sei se ele ficaria lisonjeado ao saber que essa é minha primeira vez.

— Sim — Christian responde. — Normalmente tem lágrimas, gritaria ou meias-verdades sobre não ser pessoal. Mas sinto que só fui apresentado a uma série de fatos empíricos, para os quais não existe nenhuma explicação além de que não era para ser.

— Se serve de consolo, eu *queria* que fosse — admito.

Ele sorri por trás do café.

— Ah, é? E tem *certeza* de que não posso usar a cartada da compatibilidade astrológica? Que nossa relação estava escrita nas estrelas e tal?

Retribuo o sorriso, embora seja triste, porque estou *sim* triste, nem que seja pelo sonho do que poderia ter sido.

— Na verdade, essa é grande parte da razão por que preciso terminar, além da história de Stanford. Uma coisa era sair com você como um experimento astrológico. Mas deixar que continuasse apenas como parte de um estudo astrológico não é ético.

— Mas você jogou limpo comigo desde o começo — ele diz, inclinando-se para a frente com um sorriso que é meio brincalhão, meio melancólico. Ergue as mãos abertas ao lado do corpo e levanta as sobrancelhas de maneira cômica. — Sou um participante consciente aqui, Miranda.

— Sim, mas você é um adulto consciente — falo com delicadeza. — Não somos apenas eu e você.

Ele solta um suspiro.

— Kylee.

— Sim — respondo. — Nós dois sabemos que ela não estava me vendo *só* como professora particular.

Seus olhos se turvam. Ele passa a mão pela nuca.

— Ela perguntou outro dia se eu ia convidar a mãe dela para o nosso casamento ou se eu achava que seria estranho.

Solto uma risada surpresa e preocupada.

— Ai, caramba. Então você entende o que quero dizer. Não posso deixar que ela continue alimentando esperanças sobre um futuro que não consigo enxergar. Ainda mais se as coisas derem certo com Stanford. Não posso partir o coração dela.

— Não ajuda — Christian diz, sorrindo — que suas razões para terminar comigo me façam gostar ainda mais de você.

— Também gosto de você — falo honestamente. — Mas...

— Tá, tá, eu sei — ele diz com carinho, erguendo uma mão e se levantando. — Não é porque você é boa em terminar que quero ouvir tudo de novo. Tenho meu orgulho e tal.

Droga. Ele é mesmo um querido.

— Certo. Claro.

Também me levanto e acompanho Christian até a porta.

Ele a abre e, apoiando uma das mãos no batente, tamborila os dedos de maneira pensativa ao me observar.

— Qual é a outra parte? — ele pergunta.

— Hum?

— Você explicou que não pode continuar me usando para sua pesquisa. Nem deixar Kylee se machucar no processo. E a provável mudança para a Califórnia. Disse que esses eram os principais motivos para terminar comigo. Qual é o outro?

— Ah. — Talvez eu não seja tão boa assim com términos, porque minha cabeça roda e não consigo pensar em nada. — Não sei.

— Sabe, sim — ele afirma com um leve sorriso. — Ou talvez não saiba. Mas *eu* sei.

— Sabe? – Pisco, confusa.

— Claro. – Christian dá uma batidinha na porta com a palma da mão aberta e sai para a varanda antes de me lançar um último daqueles seus sorrisos perfeitos e encantadores. — Mora na casa ao lado.

TEMPORADA DE AQUÁRIO

A Lua minguante em Peixes é um momento ideal para o autocuidado. Mime-se com uma limpeza de pele ou uma pedicure, mas não deixe de cuidar do seu lado emocional também. Mudanças estão por vir e vão exigir que sua mente e seu coração estejam em completa harmonia.

A Lillian insistiu que eu viesse visitá-la na Flórida. Diz que é porque está preocupada com meus níveis de vitamina D e desesperada por conversas que não envolvam pomadas para hemorroidas ou novelos de lã, mas, desde o momento em que cheguei, a verdadeira motivação ficou clara:

Avaliar o estrago causado pelo meu término com o Christian.

Desde que cheguei, há quatro dias, não houve nada além de Martínis de Término (uma combinação infeliz de licor de framboesa, rum de coco e gim), chocolate no jantar e maratonas de filmes estrelados por Spencer Tracy e Katharine Hepburn.

Em qualquer outra situação, eu teria preferido vinho, batatas chips e a dupla Tom Hanks/Meg Ryan. Mas estou tão na órbita da Lillian, e seu estilo particular de paparicos parece ser exatamente o que eu precisava, porque, embora eu não esteja nem de longe com o coração partido depois do término com o Christian, estou me sentindo mais despreocupada do que nunca durante esta visita.

Mas — e talvez seja apenas por causa do meu horóscopo —, por mais relaxada e feliz que eu esteja, não consigo ignorar a sensação de que estou na iminência de algo. Uma calmaria antes da tempestade em que tudo vai mudar.

E, claro, tudo *está* prestes a mudar.

Janeiro ainda nem acabou, mas o fim da minha licença está se aproximando — ao menos a data extraoficial que estipulei para mim mesma: final de abril. Não é *exatamente* o fim do calendário letivo oficial, mas é perto, e me dá um pouco mais de tempo para me preparar para o retorno ao mundo acadêmico.

Não sei o que significa essa sensação de que abril parece tão perto.

Perto *demais*.

Estou deitada ao lado da piscina de Lillian, tentando não pensar nisso, obedecendo ao seu comando de "tomar um sol", embora eu tenha quase certeza de que os raios não tenham a mínima chance de penetrar a espessa camada de protetor solar que passei.

Lillian sai para o pátio e solta um longo assobio, digno de um pedreiro cantando a mocinha de um filme antigo.

— Estava preocupada com seu coração partido, mas, vendo você de biquíni, acho que é do rapaz que eu deveria estar com pena.

Sorrio, mas reviro os olhos, de bom humor por trás dos óculos escuros.

— Sim, tenho certeza de que ele está lamentando minha total falta de curvas.

— Voluptuosidade é só uma versão de sexy — ela diz, sentando-se numa espreguiçadeira de espaldar alto ao meu lado. — E, sabe, você está *diferente* desde a última vez que te vi. Não o seu corpo, mas a sua aura. — O que é? — ela pergunta.

— Pode ser porque agora consigo dormir de sexta para sábado, já que não moro mais num campus universitário? — respondo, apoiando-me nos cotovelos e olhando para ela. — Ou talvez pelo fato de que, pela primeira vez em uma década, estou comendo coisas além de sanduíches de peru da cantina da faculdade? Ou...

— Fluidez — ela revela, estalando os dedos. — É isso que estou vendo.

Abaixo os óculos escuros para lhe lançar um olhar confuso.

— Oi?

— Desde que você começou sua carreira acadêmica rumo à titularidade, você estava tão rígida. Sempre seguindo uma única direção, sem nunca olhar para os lados. Agora está mais... *Relaxada* não é bem a palavra; é um estado passageiro demais. Mas há uma calma encantadora em você agora. De onde será que vem? — Seus dedos tamborilam sobre o braço da cadeira enquanto pensa, os anéis tilintando.

— Já falei: sono. Comida boa. Falta de prazos.

— Talvez — ela diz, mais para si mesma. — Talvez. Como vão as buzzes?

— Estão bem — respondo, surpresa com a mudança repentina de assunto. — Ótimas, na verdade. Eu as tinha levado para a estufa por algumas semanas, mas levei de volta para o terraço. Parecem mais felizes lá.

Seu sorriso é presunçoso.

— Eu sei, eu sei. — Volto a colocar os óculos escuros sobre o nariz. — Você me falou que elas gostavam do terraço. Eu deveria ter escutado.

Sua presunção parece apenas aumentar, e tenho a forte impressão de que estou deixando alguma coisa escapar, mas é sempre assim com a minha tia.

Ela se inclina para a frente, dá um tapinha carinhoso no meu pé e se levanta.

— A gente precisa de um bom chá gelado. Depois vou ligar para Judith para falar sobre a partida de bridge hoje. Vou pedir para ela colocar uma cadeira extra para você.

— Ah, não, por favor — imploro. — Não faço ideia de como jogar bridge.

— Com esse seu cérebro enorme? Vai pegar rapidinho.

Balanço a cabeça, resignada, porque, desde que estou aqui, a Lillian declarou que meu "cérebro grande" tornaria mais fácil para mim arrasar no golfe, no *pickleball*, no bunco e no bingo.

Nem preciso dizer que a minha "genialidade" não ajuda muito em atividades físicas nem em jogos que dependem da sorte.

— Não *Belinda* — ouço a Lillian falar alto de dentro da cozinha. — *Miranda.* — Como a advogada de *Sex & the City*, com o cabelo laranja. Cabelo! Laranja! Miranda vai para o bridge... bridge! Cadê seu aparelho auditivo?

Estou sorrindo comigo mesma quando pego o celular, que está vibrando. Penso que deve ser Daphne querendo saber como estou, mas me endireito ao ver o identificador de chamadas.

Universidade Stanford.

Estava esperando essa ligação... torcendo por ela? Temendo? Mas, agora que chegou, me sinto mais confusa do que nunca.

Com o coração acelerado, respiro fundo e atendo.

— Dra. Miranda Reed.

É um título que usei tantas vezes com orgulho. Faz meses que ninguém me chama de nada além de Miranda, e sinto uma pontada de tristeza ao pensar que em breve vou ter que voltar a usar todo o manto de doutora.

— Miranda, que bom que consegui falar com você. É o dr. Samuel Belmont. Sou o chefe do Departamento de Física aqui de Stanford.

E lá vamos nós.

— É uma honra falar com o senhor — digo com um tom conciso e controlado. É mais difícil do que eu esperava voltar a agir como professora e, por mais que essa tenha sido minha persona por anos, parece um pouco estranha. Desconfortável. *Só devo estar enferrujada*, tento me tranquilizar.

— Espero não estar bajulando demais ao dizer que adorei o seu artigo sobre computação quântica topológica no ano passado — continuo.

— Pode bajular à vontade; quase morri para terminar aquilo — ele diz com uma risada que não chega a ser falsa, mas é ensaiada. Como se já tivesse usado a mesma frase umas mil vezes. — Então, dra. Reed — ele continua, a voz um pouco mais séria, mas ainda gentil. Adoraria conversar com você sobre uma vaga aqui em Stanford.

— Eu... uau.

Não consigo encontrar a resposta correta. Saber por Jamie que essa proposta viria e realmente *recebê-la* são duas coisas muito diferentes.

— Fico honrada — falo com sinceridade. — Mas, antes que a conversa avance, preciso confirmar se o senhor entende...

— Eu soube da decisão da banca de titularidade da sua universidade atual. Mas também posso dizer que não faz o menor sentido para mim — ele explica. — Li seu trabalho. *Vi* o que você faz. As avaliações dos seus alunos mostram que você é, de longe, a professora mais adorada que vi em muito tempo na área. Você é exatamente o tipo de professora adjunta que quero no meu departamento e, embora seja óbvio que não posso garantir o futuro, acho que você vai perceber que a banca de titularidade aqui tem... valores diferentes dos da sua universidade atual.

Não é uma promessa de titularidade. Sei disso. Mas é o mais próximo que vou ter, e ouvir isso de alguém tão respeitado quanto o dr. Belmont, de uma universidade tão renomada quanto Stanford...

Era para ser a realização de um sonho.

É a realização de um sonho, ainda mais depois da rejeição inesperada da Nova. É o tipo de segunda chance que parece boa demais para ser verdade.

Então, por que não estou *eufórica*?

— Temos uma vaga inesperada na área de Cosmologia e astrofísica teórica, mais especificamente para a pós-graduação — explica o dr. Belmont. — Sei que está de licença merecida agora, mas, como também estamos procurando alguém para ministrar um curso de verão, adoraria acelerar nossa conversa. Você teria tempo para algumas entrevistas por telefone no próximo mês? E, se parecer bom para todos, uma reunião presencial em abril para discutir os detalhes?

— Com certeza — eu me escuto dizer da boca para fora.

Tenho a estranha sensação de que essa Miranda que respondeu é diferente da que agora há pouco estava conversando com Lillian sobre as buzzes. Uma Miranda que não tem tempo para plantas, muito menos para um animal de estimação. Ou um relacionamento. Uma Miranda que não bebe uísque no terraço com um artista sarcástico até altas horas da madrugada nem come bolo no café da manhã a mando do seu horóscopo...

— Fico muito feliz em ouvir isso — o dr. Belmont diz. — Preciso ir para uma reunião, mas vou pedir para a minha assistente entrar em contato para começar a coordenar os horários.

— Maravilha. Muito obrigada. O senhor nem imagina como sou grata por essa conversa — a professora Miranda declara.

— Também estamos animados. Vai ser uma nova experiência ter uma celebridade entre nós.

Uma vozinha sussurra em silêncio que, se a Universidade Nova não me quis porque eu era uma celebridade, Stanford só me quer por isso. Que ninguém me quer pelo que eu sou.

Calo esse pensamento e me despeço do dr. Belmont justo quando Lillian volta para o pátio com uma bandeja. Ao que parece, quando ela disse chá gelado, quis dizer martínis, mas pelo menos parecem ser do tipo tradicional, e não alguma mistura nojenta de coco com gim.

— Tudo bem? — Lillian pergunta, abaixando a bandeja. Ela aperta um dedo entre as minhas sobrancelhas. — Você está com uma ruga. Caretinha.

— Não, não é uma careta. Era Stanford.

Suas sobrancelhas grisalhas se erguem.

— Stanford! Chique. O que eles querem?

— Me contratar. Com chance de titularidade — conto, me sentindo um pouco culpada por não ter comentado isso com a minha tia antes, embora a expressão um tanto preocupada no seu rosto me lembre por que não contei.

Minha tia não diz nada enquanto mexe os martínis.

— Você deve estar empolgada. Disse sim?

— Claro. Quer dizer, para o processo de entrevista. Parece mais uma formalidade do que qualquer outra coisa, mas... nossa. — Coloco uma mão no estômago embrulhado. — Não acredito que isso está mesmo acontecendo.

— E a sua licença? Seguir seu horóscopo?

— Vou até o fim — afirmo com sinceridade. — Tenho até abril, então vai que meu horóscopo me dá justo a orientação de que preciso para lidar com isso.

— Você não está sendo sincera.

— Estou sim.

Ela abana a cabeça e deixa duas azeitonas em cada taça.

— Não está. Dez minutos atrás, poderia estar. Dez minutos atrás, você se permitia acreditar no poder do universo, no destino e nos instintos humanos.

— E agora? — indago, na defensiva.

— E agora — ela responde, me entregando uma taça — está disposta a voltar a seus velhos hábitos. Onde isso impera. — Ela toca na cabeça. — E isso precisa se calar. — Leva o dedo ao coração.

— Não é... — Engulo em seco, frustrada e um pouco magoada pela falta de apoio. A Lillian sempre torceu por mim, e agora parece quase decepcionada comigo. — Por que é contra isso?

Minha voz soa desesperada, e percebo que o medo não é a minha *tia* ser contra. É ela estar *certa*. Estou tentando ignorar os instintos do meu coração porque eles estão dizendo algo que meu cérebro não quer ouvir.

— Ah, querida. — Ela suspira e se senta na cadeira. — Não sou contra nada que você queira.

— Então fique feliz por mim — imploro. — Isso é o que eu sempre quis. Um ambiente acadêmico onde crescer e me desenvolver... — Minha voz se perde, porque não consigo pensar em todas as razões pelas quais isso é tão importante.

— Aceitar o mesmo emprego que você tinha antes, na mesma carreira, com o mesmo objetivo, mas na Califórnia... isso é se desenvolver? E crescer?

— Não fala assim. — Minha voz sai mais dura do que eu pretendia. — É o meu sonho.

Ela tira uma azeitona da taça, a coloca na boca e mastiga.

— É o que você sempre diz.

— Porque é verdade — retruco, tentando ignorar que minha voz soa desesperada até para mim, como se estivesse me agarrando a essa ideia. — Minha carreira é tudo que tenho. É quem eu *sou.*

Lillian olha no fundo dos meus olhos.

— Escuta bem o que vou te dizer, porque sou mais velha e, acredite ou não, muito mais esperta sobre certas coisas. Você não é uma cientista, uma pessoa com dois doutorados, nem mesmo alguém com ascendente em Gêmeos. Você não é a filha dos seus pais, a irmã dos seus irmãos, a melhor amiga da Daphne ou mesmo minha sobrinha favorita. Essas são partes cruciais de você, mas não são quem você é.

— Então quem eu sou? — sussurro com uma voz frágil que nem reconheço.

Ela aperta minha mão.

— O Projeto Horóscopo está quase acabando. Você vai descobrir. Vai *se encontrar*.

TEMPORADA DE AQUÁRIO

Saturno faz trígono com Urano, mas você vai ter dificuldade de enxergar as coisas com clareza hoje, querida geminiana. O que é problemático, porque você também está se sentindo espontânea. Tente encontrar um meio-termo: entregue-se à espontaneidade, mas tenha em mente sua versão futura antes de dar qualquer grande passo. Pense em uma tatuagem temporária em vez de permanente, pintar um cômodo em vez de comprar uma casa nova.

— Ai, Deus, Randy. O que estou olhando aqui?

Olho por sobre o ombro para o Archer. Estava tão concentrada no meu mais novo projeto que não o ouvi entrar.

— Archer. — Aponto para o aquário à minha frente. — Gostaria de te apresentar a Andrômeda.

Archer suspira e se abaixa ao meu lado, apoiando as mãos nos joelhos para dar uma espiada dentro do aquário, onde tem um único peixe nadando.

— Andrômeda. É a laranja em cima do castelinho?

— Hum, você está se referindo a Atlântida — digo. — Obviamente.

— Obviamente. — Ele se endireita e me lança um olhar astuto. — Horóscopo?

— Sim — confirmo. — Falava que hoje era o dia perfeito para pegar um animal de estimação. Quer dizer, não chegou a afirmar isso. Mas estou ficando cada vez melhor na interpretação.

— Uhum. — Ele lança um olhar cético para o peixe.

— Tá, sei o que você está pensando — explico. — Em comparação com os outros animais de estimação, um peixe é meio sem graça. E, no começo, estava pensando mais em algum réptil: cobra, iguana. Os de sempre.

Archer levanta a mão devagar para cobrir a boca. Acena.

— Claro. Os animais de estimação mais comuns.

— Mas esses exigem muito cuidado — explico.

— Sim, claro. E cachorro ou gato... nunca foram uma possibilidade?

— Foram — respondo, um pouco tristonha. — Sempre achei que eu e um gato nos daríamos bem.

— Certo. Então, você sempre quis um gato e, mesmo assim... — Ele aponta para o aquário simples que comprei hoje cedo. — Peixinho-dourado?

— Então, é aí que entra o horóscopo. Ele disse que eu deveria ceder a um impulso espontâneo... era essa a ideia de adotar um pet. Mas *controlar* a espontaneidade tomando o cuidado de levar a eu do futuro em consideração.

Archer continua me encarando com ceticismo.

— Você do futuro quer um peixe?

— Então, não sei. — Suspiro. — Acho que não especificamente. Mas minha versão do futuro vai ter uma rotina bem diferente. Quando eu voltar à vida real, vou ter uma carga horária maluca. Não seria justo com um gato eu ficar fora o tempo todo.

Archer inclina um pouco a cabeça para trás.

— Vida real.

— Sim — concordo, dando alguns flocos de ração para Andrômeda. — Sabe? Dar aula, escrever, corrigir trabalhos, dar uma entrevista ou outra.

— Ah. — Ele cruza os braços. — Então Stanford é oficial.

— Não — declaro. — Não é oficial. Mas eles ligaram.

— Certo — ele responde. — E isso é bom?

— Claro que é bom — digo no automático. — É Stanford. E titularidade.

Minha voz parece mecânica.

— E a parte em que você dizia não sentir tanta falta do mundo acadêmico? — ele pergunta.

— Acho que eu só estava um pouco nervosa e enferrujada. Sendo realista, todo trabalho tem partes que a gente tolera para poder fazer as partes de que gosta. Certo?

— Randy, isso soa como alguém tentando justificar o fato de estar se obrigando a fazer algo para corresponder às expectativas dos outros.

— Ah, jura? — digo, cruzando os braços e olhando para ele. — Vindo do cara cuja série atual são tintas acrílicas sobre Paris. Embora ele não queira mais fazer obras de viagem e prefira carvão?

— Já falei, ninguém compra carvão — ele retruca.

— Exato. E ninguém contrata uma física com a carreira estagnada para fazer parte de um documentário da National Geographic.

Archer inclina a cabeça.

— A gente está brigando, Randy?

Rio um pouco.

— Parece que sim. Acho que peguei um pouco do gênio forte da Lillian enquanto estava na Flórida.

Ele parece prestes a dizer mais alguma coisa, mas, em vez

disso, joga os ombros para trás, como se estivesse fazendo um esforço consciente para deixar o assunto de Stanford de lado, por mais que não queira.

— Como ela está? A Lillian — ele pergunta. — Como foi a viagem?

— Ela está ótima. Me diverti muito.

Não conto que, no último dia, depois da ligação de Stanford, o clima pesou um pouco entre mim e minha tia. Fiquei frustrada com sua incapacidade de enxergar que eu estava tomando a melhor decisão. Ela pareceu decepcionada porque... bem, não sei bem por quê. Só sei que, toda vez que me olhava, havia uma certa tristeza.

Volto a observar o aquário.

— Acha que eu deveria ter adotado um amigo para a Andrômeda?

— Alguém para fazer trança na barbatana dela? Ser o motorista quando ela beber demais em Atlântida?

— Não. Quero dizer, pra ela não ficar solitária. Quando eu voltar pra vida real.

— Vida real — ele repete, o tom de brincadeira desaparecendo. — É a segunda vez em cinco minutos que você fala isso. — Então tudo isso — ele diz, apontando para a casa da Lillian —, esses últimos meses, não fazem parte da vida real?

— Ah. — Engulo em seco, porque, de repente, sinto a mesma energia nele que senti da Lillian. Decepção.

Só que, no caso dele, parece combinada com desprezo.

— É só que... claro que é real — esclareço. — Mas também é, sabe. Temporário.

Ele fica em silêncio, e continuo falando.

— Esses últimos meses foram um desvio. Um tropeço. Uma licença, por assim dizer.

— Entendi.

Há algo novo e diferente na sua voz agora, e uma tensão em seus traços que não vejo desde o réveillon.

— Não estou me expressando bem — digo, desesperada. — Falei como se esse tempo na casa da Lillian fosse algum tipo de erro cósmico. O que quero dizer é que foram férias muito, muito boas.

Ele não diz nada.

— E grande parte do que tornou essas férias tão boas foi meu novo amigo.

Ainda nada.

— *Você*, besta — falo, exasperada. — O amigo é *você*.

— Essa parte eu entendi.

— Então por quê? — resmungo, frustrada. — Por que está com essa cara?

— Que cara? É a única que eu tenho.

— Não. Quer dizer, sim, a sua cara sempre parece esculpida em granito, mas você levantou, tipo, um muro.

— Agora você lê pessoas também? Não só mapas astrais e artigos nerds?

— Viu? — Aponto o dedo para cima e para baixo. — Não vou nem ficar brava com isso, porque consigo ver que você está atacando de trás do seu muro.

— Não estou... — Ele inspira fundo. — Você é tão irritante. Não estou atacando. E não tem muro nenhum.

— Prova.

Ele revira os olhos.

— Vou embora. Andrômeda, muito prazer em te conhecer. Miranda, me avisa quando parar de ser esquisita.

— Prova — repito. — Prova que não está tentando me afastar. Que ainda somos *amigos*.

Coloco uma leve ênfase na última palavra. Para lembrar que foi ele quem definiu essas expectativas.

Archer solta um suspiro resignado.

— O que você quer que eu faça? Escreva um soneto de melhor amigo? Faça algum tipo de pulseira da amizade? Me ofereça para alimentar seu peixe enquanto você estiver fora, como faço com as suas plantas?

— Você vai alimentar de qualquer jeito — pontuo, confiante, tentando não me permitir pensar que esse acordo só vai durar enquanto eu estiver aqui na casa da Lillian. Só mais alguns meses, o que de repente não parece suficiente para... nada. — Estava pensando num abraço — esclareço, embora não estivesse pensando até agora. Acabou de surgir na minha cabeça, e me surpreendo com o quanto quero que ele diga sim.

— Não sou muito de abraçar — ele diz, lançando-me um olhar desconfiado, como se pudesse fugir a qualquer momento.

— Eu também não, historicamente. Talvez a gente possa praticar. — Agindo por puro instinto e por uma necessidade que não sei bem nomear, dou um passo à frente e coloco os braços em sua cintura. Archer fica tenso de imediato, mas meio segundo depois me surpreende ao relaxar. Seus braços envolvem minha cintura.

Não sei se é ele quem me puxa para mais perto ou se sou eu que me ajusto por conta própria, mas o que era para ser um simples abracinho rápido se transforma em algo envolvente que não quero que acabe nunca. Sinto a barriga dele firme e quente em meu peito, e o jeito como ele desliza a mão pelas minhas costas, pressionando a palma com firmeza entre as minhas omoplatas, é quase protetor. *Possessivo*.

Não sei quanto tempo o abraço dura. Ou quem se afasta primeiro, com delicadeza. Mas sei que, quando termina, não conseguimos nos encarar. Porque esse não foi um abraço normal entre amigos.

O que mais me angustia é saber que isso talvez não seja a vida real.

Mas é *algo* real.

Algo que morro de medo de nomear.

TEMPORADA DE AQUÁRIO

Hoje nada vai sair como o planejado, querida geminiana. Confie que o que parece um contratempo é, na verdade, o universo se corrigindo, colocando você de volta no caminho que deveria seguir. Seus instintos estão certos, e cada passo que você der agora é parte essencial da sua jornada rumo ao que tanto busca.

Com exceção dos poucos anos que passei com Daniel, o dia de São Valentim é o meu dia com a Daphne. Começou com uma pizza e um vinho rosê barato no sofá, enquanto ela me explicava os detalhes dos reality shows. Mas, nos últimos dois anos, elevamos o nível.

Não saímos. Toda aquela história de menu fixo, reserva obrigatória, formalidade forçada? Nem pensar. Mas isso não quer dizer que a gente não capriche.

Nós nos arrumamos. Revezamos em quem cozinha para quem, e vamos com *tudo*: vieiras, caviar, filé mignon. No ano passado, a noite teve sorvete chique, sanduíches de lagosta e *Thor*.

O resultado? Amo o dia de São Valentim.

Na verdade, nunca entendi por que as pessoas ficam amarguradas por estarem solteiras. Posso estar solteira. Na verdade, *gosto* de estar solteira. E ainda assim curto o amor romântico e todos os clichês que vêm junto: chocolates, rosas, músicas melosas. Eu e Daphne fazemos tudo isso juntas.

Até hoje.

— Desculpa, amiga — diz Daphne, embora saia mais como um gemido rouco. — Juro que achei que era só cansaço e que a dor de barriga passaria, mas, agora que comecei a me arrumar... vou poupar você dos detalhes.

— Não peça desculpas por passar mal — asseguro com firmeza. — É uma afronta à nossa amizade. Coloca seu pijama mais largo e confortável, deita, assiste a alguma coisa bem ruim, dorme. Faz o que precisar. Quer que eu leve alguma coisa? Biscoito de água e sal? Gatorade? Companhia?

— Queria poder aceitar, mas acho que só quero deitar na cama e ouvir meus audiolivros de *Crepúsculo.*

Sorrio. Daphne ama *Crepúsculo.* Nem sei quantas vezes ela leu os livros e viu os filmes, e é sempre a isso que recorre quando está doente ou de ressaca.

— Manda um beijo para o Edward — digo.

— Tem certeza de que está bem? — pergunta Daphne, a voz um pouco suplicante. — Não acredito que isso está acontecendo justo no ano em que você acabou de passar por um término.

— Estou *ótima*, Daph — juro. Não conto que mal penso no Christian desde o término e, mesmo quando penso, é mais por causa da Kylee. Por motivos totalmente compreensíveis, ela decidiu dar uma pausa nas aulas particulares, mas mesmo assim dói um pouco. Sinto falta dela e da chance de ter com quem conversar sobre o cosmos.

— Tá bom — ela diz, relutante. — Te amo. Você sabe.

— Sempre. Também te amo.

Encerro a ligação com minha melhor amiga e deixo o celular sobre o balcão com um leve suspiro. Fui sincera com a Daphne.

Eu jamais ficaria brava com ela por cancelar por estar passando mal. Nem se ela tivesse cancelado porque conheceu um cara bonito eu teria ficado brava. É assim que a gente funciona.

Mas nada disso muda o fato de que estou com a mesa posta para dois e com o que, na minha opinião, é um lindíssimo brie assado, um bife Wellington, batatas gratinadas e um suflê de chocolate caseiro me esperando.

Sem falar do meu vestido vermelho novo. Uma das minhas lojas preferidas estava em promoção, e ele pareceu ter sido feito para mim.

Olho para o aquário.

— Acho que somos só eu e você, Andrômeda.

Gostaria de pensar que ela abana a cauda para mim em saudação enquanto passa, mas é pouca coisa para me basear.

A menos que...

Meus olhos se voltam para o celular.

Estou brincando com fogo. Sei disso. Em poucos meses, Simon Archer vai sair da minha vida. Mesmo se não saísse, ele não quer nada comigo do ponto de vista romântico, e passar o dia de São Valentim com ele só vai deixar isso ainda mais evidente.

Seus instintos estão certos, e cada passo que você der agora é parte essencial da sua jornada rumo ao que tanto busca.

— Certo, horóscopo — murmuro. — Você me trouxe até aqui.

Pego o celular e ligo para Archer.

O telefone toca sem parar, e estou prestes a desligar quando ele atende.

— Randy?

— Oi.

Uma pausa.

— Tudo bem?

— Claro, por quê?

— É a primeira vez que você me liga. Em geral, você manda mensagem ou vai entrando.

— *Eu* vou entrando?! — Abano a cabeça, mesmo sabendo que ele não consegue me ver.

— Deixa pra lá. A Alyssa está na cidade hoje?

Outra pausa.

— Não. Por que estaria?

Reviro os olhos.

— Ah, sei lá. Dia de São Valentim.

— Por que ela estaria em Nova York no dia de São Valentim... Ah. Sim. Claro. Não, ela não está aqui.

Reviro os olhos. Ele é o completo oposto de um romântico.

— Então, o que foi? — ele pergunta, um pouco impaciente. — O zíper do seu vestido emperrou antes do seu encontro com o Christian?

Embora faça poucas semanas, minhas memórias do Christian parecem tão diluídas e distantes que a pergunta me pega de surpresa.

— Eu e o Christian terminamos algumas semanas atrás.

Há outra pausa, ainda mais longa.

— Ah.

Reviro os olhos de novo. Que bom que eu não estava esperando uma reação mais intensa, porque com certeza não foi a que eu recebi.

— Certo, então, olha — digo. — Eu e a Daphne costumamos fazer um programa juntas hoje, mas ela pegou uma virose horrível. E agora estou aqui com toda essa comida, e... você está com fome?

— No dia de São Valentim?

Seu pé atrás com a data é tão típico de *homem solteiro* que passo o polegar entre as sobrancelhas, tentando manter a paciência.

— Relaxa, juro que não vou esperar o fim do jantar para te pedir em casamento.

— Me convidar no lugar da Daphne tem a ver com o seu horóscopo?

Pisco.

— Na verdade, agora que você mencionou...

— Então, não. Obrigado pelo convite, mas tenho trabalho a fazer.

Ele desliga sem esperar pela minha resposta, o que é brusco até para Archer. Fico olhando para o celular.

— Beleza, então.

Vai ser uma noite solo. Consigo lidar com isso. Não me falta prática.

Coloco o prato de brie assado no forno e tento decidir entre o champanhe e o vinho tinto caro que deixei decantando desde o meio-dia. Principalmente, tento não remoer a rejeição de Archer. Longe de mim achar que ele ficaria louco para passar a data dos corações e das flores com a amiga vizinha, mas o fato de a ideia parecer tão desagradável...

Decido pelo champanhe e estou tirando o lacre da rolha quando ouço uma batida na porta. Um som estranho. Daphne e Archer sempre vão entrando. Christian tocava a campainha. Mas uma batida?

Vou até a porta e espio pelo olho mágico.

Dou um passo para trás no mesmo instante, com o coração acelerado. Archer?

Abro a porta e dou de cara com ele, parado na varanda com uma cara muito irritada. Está com um buquê de flores roxas numa mão e uma sacola plástica na outra.

Meus olhos recaem primeiro nas flores.

— São das...

— Das buzzes — ele completa, dando as flores cortadas

para mim. — Não se preocupe, pesquisei na internet como cortar do jeito certo sem prejudicar o crescimento.

— Eu... são... — *Perfeitas.*

Volto o olhar para a sacola, que agora vejo que tem um peixe.

— Perseu — ele explica, meio ranzinza. — Tinha comprado à tarde, antes de me tocar que era dia de São Valentim, então agora parece...

— Romântico? — pergunto, piscando.

Ele empurra o saco para o meu peito e entra, indo direto para a cozinha.

Ele para. Dá um passo para trás até ficarmos lado a lado. Aponta o queixo para o peixe.

— Não é uma declaração de amor.

Meus olhos se arregalam.

— Ah, mas é quase uma joia da Tiffany's!

Só quando ele se afasta, resmungando, é que me permito sorrir.

Porque é melhor do que uma joia da Tiffany's.

Com todo o cuidado, desamarro o saco e deixo o lindo peixinho-dourado preto entrar no aquário, onde encontra sua nova namorada.

— Perseu, hein? Você entende de mitologia grega — grito para a cozinha.

— De novo, internet. Perseu salvou Andrômeda de um monstro marinho e... é tudo de que me lembro.

— Também são constelações — esclareço, juntando-me a ele na cozinha. — Perseu e Andrômeda. Duas das minhas favoritas.

Ele ergue os olhos.

— Eu sei. Você me contou num daqueles seus discursos noturnos.

Contei?

Não lembro. Mas ele lembra.

Archer ergue a garrafa.

— Você já tinha arrancado o lacre. Quer que eu abra?

— Por favor — digo, voltando a atenção para o celular. Coloco a playlist propositalmente melosa que montei à tarde e conecto à caixinha de som Bluetooth que deixo no balcão da cozinha.

Alguns segundos depois, enquanto a música cresce, ouço o estalo festivo da rolha, e ele serve uma taça para cada um. Tento não lembrar que a última vez que tomei champanhe foi com ele.

E que nos beijamos.

E que ele deixou bem claro que foi um erro.

— Pensei que tivesse que trabalhar — falo, aceitando a taça com um sorriso de agradecimento.

— Tinha. Tenho. Estou.

— Quê?

— Nada. Feliz dia de São Valentim ou sei lá o quê. — Ele ergue a taça, brinda com a minha e toma um gole irritado.

Também tomo um gole, tiro o brie do forno, sentindo um pouco de gratidão pela maneira como seus olhos se iluminam. Acrescentei uma camada de geleia de damasco em cima do irresistível círculo de queijo cremoso envolto em massa folhada, além de um pouco de alecrim picado, tomilho e nozes-pecãs torradas. Passo tudo para uma travessa, que já deixei pronta com biscoitos finos e fatias de maçã com sal.

— Então, a Daphne está passando mal — ele comenta, me observando enquanto arrumo o prato.

— Coitada. Sim.

— E o Christian... já era.

— Ele não *morreu* — digo. — Não fala assim. Só não deu certo.

— Por que não?

Levanto os olhos por um instante ao ouvir a intensidade contida no seu tom, depois volto para o queijo. Dou de ombros, tentando manter a voz leve.

— Ah, sabe. Ele tem uma filha. Que quer uma mãe. Talvez eu me mude para a Califórnia...

— Talvez?

Coloco a travessa na frente dele, junto com um pratinho e talheres. Ele não perde tempo para começar a comer, o que me faz perceber que vou sentir falta disso. Cozinhar para alguém. Nem sabia que gostava de cozinhar para mim mesma, mas dividir uma refeição, seja um jantar especial de dia de São Valentim ou as sobras de um frango à parmegiana, é um prazer inesperado.

— Quer dizer, provavelmente — digo depressa. — Só vou saber depois da entrevista.

Ele acena, depois me observa enquanto mastiga, como se estivesse me vendo pela primeira vez.

— Você sempre se arruma assim para a Daphne?

Olho para o meu vestido vermelho com um sorriso.

— Só no dia de São Valentim. É novo. E caro. Mas ela vale o esforço. — Volto a olhar para ele. — Por que mudou de ideia?

— Sobre? — Ele limpa a boca com um dos guardanapos vermelhos e brilhantes que coloquei à mesa.

— Sobre hoje. Você disse que tinha que trabalhar. E desligou na minha cara. — Lanço um olhar paciente. — Você sabe que eu não estava tentando te seduzir nem nada, né? Você era meu *plano B*.

Paro de falar, distraída pela playlist que montei com algumas das minhas canções de amor favoritas. Suspiro baixinho, feliz, ao ouvir as primeiras notas da versão de Nicole Henry de "Moon River".

Ele me observa.

— Está rolando um clima aí, Randy?

— Sim — admito com sinceridade. — Amo essa música.

Ele me encara por mais um segundo, como se estivesse considerando algo, depois acena e contorna a bancada da cozinha.

Sem falar nada, estende a mão para mim.

Sem falar nada, aceito.

E então estou dançando.

Dançando ao som de uma canção de amor um pouco antiquada, no dia de São Valentim, na minha cozinha, com um vizinho que é um amigo, que é... tudo.

Por enquanto.

Minha bochecha encosta em seu peito. A dele, no topo da minha cabeça. Seu coração bate de maneira calorosa e constante, sua presença tão sólida e querida que sinto os olhos lacrimejarem.

— Randy — ele murmura, virando um pouco a cabeça, e sua boca roça em meu cabelo.

— Hum? — sussurro.

Há um momento de silêncio.

— Vou ter que trabalhar nas próximas semanas. Bastante. A gente não vai se ver muito.

— Ah — digo, tentando esconder a decepção. Restam poucos meses até eu precisar me mudar, seja para a Califórnia, se tudo der certo, ou de volta para a cidade, caso Stanford não me queira e eu acabe retornando para a Nova.

Mas lembro que não devo ser egoísta. Meu trabalho sempre foi minha prioridade. Não posso culpá-lo por sentir o mesmo em relação ao seu.

A mão dele na minha cintura me puxa um pouco mais para perto, o polegar da outra mão roçando sobre a minha. Acho que ele nem percebe o que está fazendo, o que torna tudo ainda mais doce.

— É só que... — Ele engole em seco. — Só queria que você soubesse. Não estou te evitando, juro. Só preciso meio que me concentrar na obra por um tempo.

— Entendo — falo.

Embora eu não saiba bem *se* entendo. Suas palavras fazem sentido, e respeito seu processo criativo. Mas sinto que está faltando algo; que está acontecendo alguma coisa a mais e que ele não pode, ou não quer, me contar.

Durante o minuto seguinte, ficamos apenas dançando. Mas não parece bem uma dança; parece mais que estamos nos segurando um no outro. Nos agarrando a um momento que podemos carregar conosco quando nossas vidas, inevitavelmente, seguirem caminhos diferentes.

Por fim, quando a música termina, começo a me afastar, mas sua mão me segura, como por reflexo, me mantendo perto.

— Archer? — pergunto baixinho, porque consigo sentir o conflito que emana dele; só não sei de onde vem.

Seu maxilar se contrai por um instante e, com uma sacudida impaciente de cabeça, ele me solta e dá um passo para trás.

— Preciso voltar — diz.

— Ah, claro — falo, a decepção misturada à confusão pelo seu humor estranho, embora eu tente me lembrar de que ele só deve estar distraído pelos prazos de trabalho.

Ele para antes de sair da cozinha, apoia a mão no batente, batuca com impaciência e, então, se vira.

Determinado, caminha de volta até mim e, por um momento emocionante, acho que vai me beijar, tomar minha boca com a mesma paixão ardente que senti no réveillon.

Em vez disso, quando inclina a cabeça, é para roçar os lábios na minha bochecha. Sua boca para perto da minha orelha, murmurando um sussurro rouco:

— Feliz dia de São Valentim, Randy.

Ele dá um passo para trás, e seus passos ao sair da cozinha são mais firmes dessa vez. Ele não olha para trás.

— Feliz dia de São Valentim, Archer — digo enfim, embora a porta da casa já tenha se fechado.

Levo a mão à bochecha, um pouco surpresa ao perceber que estou chorando.

Pois aquele *Feliz dia de São Valentim, Randy*?

Soou terrivelmente como uma despedida.

TEMPORADA DE ÁRIES

A tempestade para a qual você vinha se preparando inconscientemente cai hoje, querida geminiana. Nem tudo é o que parece.

Archer cumpre sua palavra. *Odeio* que cumpra, mas cumpre. Mal o vejo nas semanas seguintes. Nem entrando nem saindo do seu apartamento. Nem no terraço.

Objetivamente, sei que está apenas mergulhado no trabalho, como avisou que estaria.

Mas sinto como se tivesse aproveitado para *me* esquecer.

E talvez seja melhor assim.

Porque também preciso esquecer Archer.

Passo março no que parece uma sequência interminável de entrevistas por telefone e vídeo com todo o Departamento de Física de Stanford. Tentando causar boa impressão sem parecer que estou tentando causar boa impressão. Já mapeando quem parece uma boa companhia para um happy hour de sexta à noite e quem devo evitar a todo custo.

As entrevistas estão indo bem. Dá para sentir.

O que não consigo sentir é qualquer empolgação em particular por isso.

Realização, sim. Orgulho, sim. É *bom* voltar a ser desejada no meio acadêmico. Sentir que os últimos vinte anos da minha vida não foram um desperdício.

Mas empolgação?

Estou trabalhando nessa parte.

Há alguns meses, o clima de primavera vem batendo à porta, então tenho passado cada vez mais tempo no terraço. Com meu telescópio.

Sozinha.

Quer dizer, com as buzzes.

Mas, por algum motivo, as estrelas parecem menos brilhantes quando o homem do carvão não está no terraço ao lado.

E é por isso que, numa noite clara e amena de início de abril, quando subo para regar as buzzes, levo um susto ao me deparar com ele, com o homem que não vejo há mais de um mês. As mãos nos bolsos, a cabeça inclinada para trás enquanto observa o céu aberto da noite.

Ele não olha na minha direção. Claro que não. É o Archer.

E, mesmo assim, nada disso me incomoda.

É simplesmente ele.

Como ele é.

É apenas... o Archer.

Tento agir com naturalidade. Como se a última vez que o vi não tivesse sido no dia de São Valentim, e não tivéssemos dançado e não tivesse parecido... *algo*.

— Sem cavalete hoje — comento, tentando soar casual, já que não há material de arte à vista.

Ele ergue a mão direita sem olhar para mim.

— Tentando evitar câibra. Estou dando os retoques finais na série e esqueci de fazer pausas.

— Ah, que ótimo — falo com entusiasmo, apesar do meu humor. — Não a câibra, claro. Mas terminar a série.

Archer concorda com a cabeça e depois hesita por um momento, como se estivesse em dúvida sobre algo.

Ele por fim vem na minha direção, passando por cima da beirada do terraço para ficarmos frente a frente. Ele coloca a mão no bolso da calça jeans e tira algo, que me entrega sem dizer uma palavra.

Pego o envelope preto e reconheço o selo de cera chique com o *A*. rebuscado que ele usa como assinatura.

— Chique.

Ele encolhe os ombros com indiferença, embora a tensão que emana dele diga outra coisa.

Passo o polegar sob a aba do envelope para abri-lo e tiro um convite elegante.

— É para a minha exposição no SoHo, daqui a duas semanas. — Ele coloca as mãos agora nos bolsos de trás. — Vão revelar a minha nova série.

— Ah, uau. *Uau*. Estou muito feliz por você! Não consigo...

Paro ao ver a data da exposição, sentindo meu coração se apertar.

— É na noite do meu voo para a Califórnia. Minha entrevista é na tarde seguinte.

Ele inclina um pouco a cabeça para trás e inspira fundo.

— Então você vai mesmo fazer isso.

Percebo um tom de decepção, como se ele esperasse mais de mim, e me vejo ficando física e emocionalmente na defensiva.

— Se por *isso* você quer dizer correr atrás do meu sonho, então sim — afirmo, a voz cortante.

Em resposta, ele apenas me encara, e minha raiva aumenta.

— Certo, vamos recapitular a interação de hoje — digo, apontando um dedo entre nós. — Você me conta sobre uma grande conquista profissional, e fico muito feliz por você. Faço o mesmo, e você nem tenta parecer animado por mim?

— Até parece — ele murmura.

Abro a boca para argumentar, mas ele chega mais perto, os olhos acesos de raiva.

— Você não está querendo parabéns e não precisa que eu fique animado por você — ele continua. — Você quer que alguém te tranquilize falando que você está fazendo a coisa certa, que alguém te diga o que fazer e como viver sua vida para você não ter que fazer isso por conta própria.

— Eu...

— Porque é isso que você *faz*, Miranda — ele afirma, mais agitado e irritado que nunca. — Você vive como se estivesse seguindo uma receita de bolo. Alguém determina os passos, e você só segue as instruções.

— Isso é absurdo.

— Ah, é? — Ele cruza os braços e se inclina um pouco até ficar com os olhos na altura dos meus, me desafiando a ir mais fundo. — Então, você se lembra de ter tomado a decisão consciente de se tornar física? De entrar para o mundo acadêmico? De buscar a titularidade? Ou só seguiu à risca o roteiro?

— *Talvez* — digo. — Talvez você tenha razão. Talvez eu tenha seguido esse caminho no piloto automático. Mas pelo menos consegui admitir isso e mudar de rumo. E não vamos esquecer que tirei um ano inteiro para me afastar dessa vida de receita de bolo.

— *Errado* — ele rebate, furioso. — Você acha que o Projeto Horóscopo foi valente e corajoso e talvez até *pudesse* ter sido. Mas tudo que você fez foi trocar um livro de regras por outro. Você não estava confiando que o universo tinha um plano para você. Só precisava de um novo manual de instruções quando o anterior não deu o resultado esperado.

Ele continua:

— Cada detalhe do seu tempo aqui foi roteirizado. Desde o

peixe até a escolha das suas refeições, até a pessoa com quem você queria estar. Eu me recusei a fazer parte desse roteiro, e adivinha? Também me recuso a fazer parte do próximo. Se o que você quer é voltar a seguir o roteiro acadêmico porque é o caminho mais fácil, vá em frente. Mas não espere que eu vá aplaudir de pé.

Cada palavra me atinge como um golpe doloroso na minha alma, e há verdades sussurradas ali sobre as quais vou agonizar depois.

Mas não antes de apontar o dedo também.

— Quer falar sobre *facilidade*, Archer? — pergunto. — Quem é que se fechou para o mundo só para não ter que lidar com ele? Você finge que isso faz parte do seu papel de artista excêntrico e recluso, mas nós sabemos que não é bem assim.

Seus olhos se estreitam em alerta, mas ignoro, porque de repente eu o vejo. Vejo com toda clareza o que estava bem debaixo do meu nariz.

— Você está *machucado* — afirmo. — Sua noiva te *machucou*. Mas, em vez de admitir até para si mesmo, em vez de admitir e processar isso, você usa a dor como desculpa para se fechar, para fingir que nada importa para você.

Continuo:

— Você acha que a sua relação com a Alyssa é *casual*? Não é casual. Não é uma relação moderna e *adulta*, Archer. É covardia, pura e simplesmente. Serve para impedir que você se envolva de verdade com alguém que possa te machucar como a Willow te machucou. Posso até estar jogando segundo um manual, mas pelo menos estou no jogo!

Minha explosão termina com um grito, o coração batendo forte no peito.

Archer não se move, além de contrair e relaxar o maxilar, enquanto nos encaramos com raiva e frustração por vários longos minutos carregados de emoção.

— Acabou? — ele pergunta por fim, a voz baixa.

Engulo em seco e faço que sim, porque minha garganta arde com a ameaça de ceder às lágrimas.

— Sim. Sim, acabei.

— Ótimo. Porque eu e você. Isso daqui. *A gente* acabou.

Sinto um impulso fraco de dizer que nunca existiu *a gente*. Que algo que nem começou não pode terminar.

Mas sei que não é verdade.

O que quer que tenha existido entre mim e Archer nos últimos meses talvez não tivesse um nome, mas é a coisa mais real que já tive com alguém.

Mais intensa.

Mais gratificante.

Mais dolorosa.

— Boa sorte na entrevista, Randy — ele diz. — Espero que encontre tudo o que está buscando.

Archer se vira e vai embora, e eu deixo. Porque, mesmo discordando de parte do que ele disse, ele não está errado em uma coisa: o caminho que estou prestes a seguir não o inclui. Eu sei o que os próximos anos vão exigir. Vou precisar trabalhar mais do que nunca para provar meu valor depois da tentativa fracassada de titularidade. Em outro estado. Em outro fuso horário.

Não preciso do meu horóscopo nem dos nossos mapas astrais incompatíveis para saber que eu e Archer não estamos destinados a ficar juntos. Nunca estivemos.

Mas, depois que ele bate a porta, depois que vai embora, me sento na cadeira fria de ferro no terraço e enfim deixo as lágrimas caírem.

Porque não consigo afastar a sensação de que tudo o que estou buscando...

Acabou de ir embora para sempre.

♈

TEMPORADA DE ÁRIES

Você vai sentir a Lua cheia em Escorpião esta noite. Pode ser hora de deixar para trás um rancor ou um peso que não tem ajudado. Abra espaço para recomeços.

— Não precisavam ter vindo se despedir — digo à minha família, ainda um pouco chocada com a chegada inesperada. Amanhã vou para a Califórnia para minha entrevista em Stanford, e estava planejando uma noite tranquila para fazer as malas.

Não só da viagem. Mas da *mudança*. Porque, se tudo der certo, tenho uma mudança para o outro lado do país pela frente. E, mesmo se não der, ainda planejo voltar para a cidade e retomar meu cargo de professora adjunta na Nova. Tudo sob controle.

Mas, enquanto decidia se pedia pizza ou fazia ovos mexidos para o jantar, minha família apareceu na porta da casa da Lillian numa cena digna de final de filme. Para me desejar boa sorte, eles me levaram para jantar num restaurante italiano.

— Não é para tanto. Foi só um voo de uma hora — diz meu irmão Brian, sem tirar os olhos do cardápio.

Sorrio quando minha mãe dá um tapa na nuca dele, um gesto que eu não via desde que éramos crianças.

— Sério?! — Brian solta, esfregando a nuca. — Que po...

Ele nota o olhar furioso dela e me abre um sorriso arrependido.

— Foi um prazer fazer essa viagem, mesmo sendo longa, mana.

— Sei — digo, embora retribua o sorriso. — Mas, sério, gente. Agradeço muito o apoio.

— A gente sabe. Você *chorou* — afirma Jamie, esperto o bastante para se esquivar quando a mão da nossa mãe vai na direção da cabeça dele.

— Tá, em minha defesa, a família inteira nunca veio para Nova York. Nunca. Quer dizer, estou grata, mas...

— Ficamos com medo que você falasse para não virmos — revela minha mãe. — Ainda mais depois do Natal.

Estendo o braço e aperto a mão dela, sorrindo num gesto tranquilizador.

— Estou feliz que vocês tenham vindo. Significa... muito.

Jamie levanta as sobrancelhas.

— Está nervosa?

— Muito — admito, e consigo ver pelo olhar rápido que meus pais trocam que ficam surpresos com a confissão. Nós, Reed, não ficamos nervosos, não temos dúvidas, não temos... vulnerabilidades. Pelo menos não por fora.

Mas, embora eu possa não ter muito tempo para ler meu horóscopo daqui para a frente nem para estudar o mapa astral de futuros namorados, não posso negar que o último ano, tirando o manto de cientista, entrando no mundo mágico da astrologia, me transformou.

Ele me permitiu aceitar que existem facetas da minha personalidade, de mim, da minha alma, que não podem ser explicadas ou racionalizadas.

Porque não existe nenhuma razão *lógica* para eu estar

nervosa com essa entrevista. Sei que é só uma formalidade. O próprio dr. Samuel deu a entender que vamos discutir a remuneração, o que me diz que a vaga já é minha. Que, no verão, já estarei morando no norte da Califórnia.

Mas isso não anula o fato de que, emocionalmente, meu estômago está todo revirado. Expor esse meu lado para a minha família, embora um pouco estranho, é, por incrível que pareça... bom.

— Sabia que estudei com o dr. Chang? — pergunta meu pai, ao meu lado. — Ele vai estar na banca de entrevista. Manda um abraço meu. Pode ajudar.

— Sim, claro.

— Soube que a dra. Lena Goodrich vai estar lá também. Adoraria trocar umas ideias com ela — comenta Brian.

— Você queria trocar mais do que isso — Jamie murmura, sem conseguir desviar do tapa da minha mãe dessa vez.

Meu pai ignora os filhos e me dá um sorriso encorajador.

— Acho que suas chances são boas. E, mesmo se não der certo, você vai dar a volta por cima. Vai encontrar algo ainda melhor.

— Obrigada.

— Não precisa agradecer. Está escrito nas estrelas — assegura meu pai, com uma cara adorável de empolgação enquanto tira o celular do bolso do blazer. — Olha só. Fiz a leitura completa do seu mapa astral, e os próximos meses não têm como não trazerem coisas boas para você.

Levo a mão à boca para esconder um sorriso carinhoso antes de olhar ao redor.

— Meu chilique no Natal foi tão agressivo assim?

— Você parecia um relâmpago — diz minha cunhada Emily, ainda um pouco impressionada. — Achei que ia canalizar toda a energia do cosmos e botar fogo na mesa.

— Você estava intensa — Jamie concorda. — Foi legal, na verdade. Ver um pouco além da máscara.

Sorrio, porque sei que é verdade. Eu estava mesmo vivendo atrás de uma máscara.

E, nos últimos meses, sinto que comecei a tirá-la. A descobrir quem é a verdadeira Miranda e, mesmo assim...

Minha conversa desastrosa com Archer não para de se repetir na minha cabeça.

Eu me pergunto se cresci de verdade. Se não estou só trocando uma máscara por outra e achando que isso é progresso.

— Você estava certa em nos dar bronca — minha mãe revela, me surpreendendo. — Tivemos algumas conversas difíceis desde dezembro, e acho que todos entendemos que nosso sistema de valores familiares é um pouco... rígido. E trouxemos um presentinho para você. Um talismã de boa sorte. — Ela empurra uma caixinha sobre a mesa.

— Ah. Nossa — digo, porque minha família não é *nada* espontânea e agora recebo uma visita espontânea *e* um presente surpresa.

Desfaço a fita branca e abro a caixinha de joia. Dentro, um par de brincos delicados de ouro.

— Escorpião — falo, reconhecendo de imediato o símbolo da constelação.

— Sei que seu sol é em Virgem — minha mãe explica rápido. Nervosa. — E o seu ascendente, o aspecto mais importante, é Gêmeos. Mas sua tia contou que seu signo lunar é Escorpião. E o signo lunar é o que rege as emoções. A intuição. É o que vimos você viver no último ano. E é isso que mais nos orgulha. Aconteça o que acontecer amanhã... temos orgulho de você.

Entre lágrimas, vejo o resto da família concordar com a cabeça. E fico emocionada pelo gesto e pelo sentimento. Mais do que sou capaz de expressar.

Mas, enquanto contemplo a joia delicada, também preciso conter a vontade de argumentar que talvez eu não a mereça. Não de verdade.

Posso ter enfrentado algumas emoções. Mas não todas.

Não as que podem mudar tudo, se eu tivesse um *pouco* mais de coragem.

TEMPORADA DE TOURO

Prepare-se para um abalo sísmico, geminiana, pois o mundo vai lhe dar uma rasteira que desafiará os alicerces do seu sistema de crenças. Essa turbulência é desconfortável, mas necessária; aproveite esse embalo para construir novas verdades mais fortes.

Na tarde seguinte, meu voo das cinco da tarde para a Califórnia atrasa algumas horas. Como a entrevista é só na outra tarde, não deveria me preocupar. Mesmo com o atraso, o fuso horário de três horas significa que vou pousar em São Francisco antes da meia-noite. Tempo de sobra para descansar e revisar minhas anotações amanhã.

E não estou *preocupada*. Nem com o voo nem com a entrevista.

Estou só... inquieta. Passei o dia todo assim, e não consigo entender por quê. Meu cérebro analisou todas as possibilidades, me garantiu que está tudo em ordem. Mas sinto que a lógica está em conflito com o instinto.

E o instinto parece estar levando a melhor, porque, quanto mais o horário do embarque se aproxima, mais forte é a sensação de que algo está *errado*.

Ou talvez seja apenas meu horóscopo. Um abalo sísmico?

Sério?

Justo quando estou indo para uma cidade que fica bem no meio da falha de San Andreas?

Mas, claro, o horóscopo não deve estar falando sobre a história de terremotos perigosos de São Francisco. Está falando de outro tipo de abalo sísmico, e desses eu já tive muitos nos últimos tempos. Estou pronta para estabilidade.

Eu me ajeito na cadeira rangente de couro sintético na frente do portão de embarque, mas minhas pernas estão inquietas, como se estivessem loucas para correr para longe dali.

Ou atrás de alguma coisa.

Cruzo as pernas e me esforço para não mexer nem o dedinho do pé.

Quando o celular vibra, corro para pegá-lo, desesperada por uma distração. Não reconheço o número, mas atendo mesmo assim.

— Oi, aqui é a Miranda.

Minha própria saudação me surpreende.

Onde foi parar o firme *dra. Miranda Reed* de sempre?

— Miranda! Oi! Aqui é a Alyssa Upton. A gente se conheceu no réveillon, lembra?

— Ah! Oi — digo, colocando os dois pés no carpete feio do aeroporto e endireitando um pouco a postura.

— Sei que é um pouco do nada, mas é um bom momento? Eu adoraria conversar com você.

— Hum. Claro? — respondo, embora não consiga imaginar em que multiverso eu e Alyssa teríamos algo para conversar.

A não ser que seja sobre Archer.

Nesse caso, vou alegar que meu celular foi roubado da minha mão e tive que desligar, porque *nem pensar* que vou ter essa conversa. Não com a... seja lá o que ela é dele.

Mesmo assim, olho para a tela com as informações sobre o meu voo. Agora está *três* horas atrasado.

— Claro, tenho um tempinho.

— *Ótimo* — ela diz com uma empolgação calorosa que soa genuína, como se tivesse ganhado o dia por ter alguns minutos do meu tempo.

É difícil não gostar dessa mulher, e olha que tentei, hein.

— Então, escuta, talvez eu pareça um pouco *stalker*, mas revirei a internet e o YouTube atrás de todas as aparições que você já fez, e Miranda, você é fantástica.

— Hum. Obrigada?

— Não, estou falando sério. Você é cativante, muito inteligente, mas nunca condescendente. Você tem um verdadeiro talento para explicar os conceitos mais complicados de um jeito acessível. Depois de te assistir por horas, juro que me senti pronta para dar uma TED Talk sobre buracos negros.

Buracos negros estão longe de ser um dos temas mais cabeludos da minha área, mas entendo o ponto.

— Obrigada. É muito bom ouvir isso. Ainda mais porque essa parte da minha carreira parece que acabou.

— Então, sobre isso — ela continua. — Espero que não se importe, mas alguns dos produtores com quem você trabalhou estão na minha lista de restrição, mas entrei em contato com eles. Sabia que a sua universidade tem dito a eles que você não está disponível?

Que. Filhos. Da. Puta.

Fico de boca aberta, surpresa de verdade.

— Eu... não. Não, não fazia ideia. Achei que os produtores tinham encontrado outra pessoa para falar de ciência, já que nunca mais me chamaram.

Ela faz um barulho irritado.

— Alguém devia estar querendo seus cinco minutos de

fama. Mas não passa de perda de tempo. Meu bem, você é extraordinária, e quem manda nessa indústria sabe disso. Então preciso perguntar: você já pensou em se dedicar a essa área em tempo integral? Trabalhar com mídia?

— Não. Nunca — respondo com toda honestidade. — Mesmo quando a demanda era maior, a procura para falar sobre uma chuva de meteoros ou explicar a mais nova descoberta do Centro Europeu para a Pesquisa Nuclear só vinha umas duas vezes por mês.

— Certo, nossa, você ficaria muito entediada se fosse só isso. Mas e se houvesse mais... tipo, muito mais?

— Muito mais... entrevistas? — Não estou entendendo nada.

— Bom, talvez não seja muito esperto da minha parte dizer isso agora, já que oficialmente ainda não sou sua agente e você poderia levar isso para outra pessoa e eu me ferraria, mas sei de um game show novo, uma série documental e até um talk show que fariam de tudo para ter você como apresentadora. Sem falar nas oportunidades que surgiriam se você tivesse um podcast próprio. Você poderia ser uma espécie de Bill Nye...

— Eu... Uau.

— É muita coisa, eu sei. E me desculpa por jogar isso tudo em cima de você assim do nada, é que o Archer comentou isso comigo há um mês, mas só agora tive tempo de correr atrás das possibilidades e fiquei tão empolgada que...

— Espera. O Archer colocou você nessa história?

— Então, sim. Quer dizer, você conhece o Archer. Foi mais uma ordem do que um pedido, e ele não falou mais que dez palavras. Mas parecia achar que você poderia estar aberta a pelo menos explorar isso.

— Eu nunca... Na verdade, estou em uma fase avançada de entrevistas para outro cargo acadêmico — explico. — Daria para fazer... os dois?

Ouço enquanto ela dá um gole de alguma bebida, sentindo que está refletindo seriamente sobre a minha pergunta.

— Sendo sincera, acho que não. Quer dizer, dá! Você pode continuar fazendo o que vinha fazendo, aparecendo sempre que tiver uma superlua ou algo assim. Mas os projetos maiores, os que fariam você se tornar uma celebridade... esses exigiriam muito mais do seu tempo do que você teria se fosse professora em tempo integral.

— Não ligo em virar uma celebridade.

Ela ri.

— Archer avisou que você diria isso. E que eu deveria responder que não é apenas uma questão de audiência. Mas de mentes. Muitas mentes. Prontas para ficarem impressionadas pelas estrelas. Espera aí... deixa eu ver nas minhas anotações, porque ele me mandou falar outra coisa... Disse que isso ajudaria você a manter o foco no cosmos?

Dou uma risadinha, porque é exatamente a frase constrangedora que usei, tanto tempo atrás, na minha tentativa fracassada de flertar com o Christian. Minha risada é um pouco rouca, porém, porque é desconfortável perceber como Simon Archer me conhece. Como presta atenção. Como me enxerga, até quando nem eu mesma consigo me enxergar.

Porque ouvir Alyssa falar sobre todas essas possibilidades, supondo que não esteja exagerando, acende algo dentro de mim que a ideia de uma titularidade em Stanford não consegue despertar.

Que a própria ideia de titularidade jamais chegou perto de acender.

— Preciso de um tempo pra pensar — falo. Porque não é como se toda a minha personalidade fosse uma farsa. Ainda sou racional, no fundo.

— Claro. Claro. Só... me promete que vou ser a primeira na disputa para ser sua agente.

— Claro — concordo, porque gosto da Alyssa, mesmo não curtindo o fato de ela e Archer dormirem juntos sempre que lhes convém.

Percebendo que até agora não demonstrei o menor interesse pela vida dela, tento me lembrar da minha educação e retribuir a conversa.

— E como vocês estão? Você e o Archer fizeram algo legal no aniversário dele?

Há uma longa pausa.

— O aniversário dele. Em dezembro?

— Não. — Meu respeito por ela diminui um pouco por ela nem saber a data. Por mais casual que seja a relação deles, parece o tipo de coisa que Alyssa deveria saber. — Foi na semana passada. Dez de abril.

Um ariano.

Alyssa ri.

— Desculpa, gata, mas tenho certeza que o aniversário dele é 2 de dezembro. Certeza *absoluta*, porque no outro ano ele precisou renovar a carteira de motorista e estava resmungando por causa disso.

— Archer reclama de tudo — digo, distraída, enquanto meu cérebro tenta compreender. — Por que ele mentiria sobre o próprio aniversário?

— Não faço ideia — ela responde, despreocupada. — Eu e ele ficamos amigos depois do término... nossa, ele até me deixou usar o apartamento dele no réveillon. Mas não conversamos tanto quanto antes.

— Vocês... — Fico tão surpresa que não consigo dizer mais nada. É *essa* a rasteira que meu horóscopo prometeu.

— Vocês terminaram? Quando?

— Ai, nossa. Faz tanto tempo — ela diz, distraída, e ouço alguém tentando chamar sua atenção.

— *Quando?* — persisto, e os instintos que passaram o dia todo vibrando estão em total alerta agora, gritando que esse detalhe é importante. Crucial.

Ela parece perceber a minha urgência, porque sinto sua atenção se voltar completamente para mim.

— Tá bom, deixa eu pensar — Alyssa diz. — Deve ter sido no fim de agosto, talvez começo de setembro? Não lembro ao certo. Ele só disse que precisava terminar porque alguma coisa tinha mudado pra ele. Nunca disse o quê.

E aí está. Meu abalo sísmico.

Algo tinha mudado para Archer?

Era eu.

TEMPORADA DE TOURO

Um ponto em comum entre a comunidade astrológica é a ideia de que o universo está do nosso lado. Tudo o que precisamos fazer é prestar atenção aos sinais.

Nunca acreditei plenamente nisso. Nunca me permiti crer que havia energias misteriosas nos guiando... nos ajudando.

Mas enquanto corro feito louca do aeroporto até a ilha de Manhattan, tentando pegar o final da grande noite de Archer na galeria de arte... Começo a acreditar.

A espera pelo carro é de um minuto. A tempestade que estava causando todos os atrasos de voos para assim que saio do aeroporto. O trânsito de volta à cidade é tão inexistente que parece uma piada. E pegamos todos os sinais verdes.

O universo parece mesmo estar do meu lado.

Até o último momento.

Quando não dá mais.

Daphne está sentada nos degraus da galeria no SoHo. Ela ficou encantada ao descobrir, com seus contatos do meio artístico, que Archer havia especificamente requisitado que ela recebesse um convite. Ela aceitou antes de tudo desandar entre mim e ele, mas fico feliz que ela tenha ido.

Que pelo menos alguém estivesse lá. Dando apoio.

Consigo ver pelo rosto dela e pelo edifício escuro que cheguei tarde demais.

Meus olhos se enchem imediatamente de lágrimas e os seco, de repente furiosa com o universo. Comigo mesma.

— Eu queria... Queria tanto. Agora ele não vai saber...

— Ah, amiga, só o fato de você ter tentado já significa muito — Daphne me assegura, vindo na minha direção com um deslumbrante vestido halter laranja. Ela me dá um abraço demorado. — Todo mundo foi embora uma meia hora atrás. Tentei enrolar, fiz um milhão de perguntas, mas o champanhe acabou, não tinha mais nenhuma obra para vender e, o mais importante, o astro da noite foi embora na primeira oportunidade.

— Mas deu tudo certo? — pergunto, saindo do abraço e limpando o nariz escorrendo. — Se não sobrou nenhuma obra, quer dizer que vendeu tudo?

Ela pega a minha mão e aperta.

— Certo, escuta, conheço o dono da galeria. E ele me deve um favor de quando o deixei ficar até tarde numa exposição da Maya Patel no MoMA, anos atrás. Resolvi cobrar hoje.

Ele levanta um molho de chaves.

— São...

— Da galeria, sim. Porque, amiga, tem algo que você *precisa* muito ver.

Subo os degraus atrás dela, que abre o trinco e digita o código do alarme. Daphne acende a luz enquanto entro na galeria de arte chique, mas para na porta e não entra atrás de mim. Como se estivesse me dando espaço para absorver o que está por vir.

Pisco, esperando meus olhos se ajustarem.

Adentro o espaço principal, dando uma volta lenta ao contemplar cada uma das obras da nova série de Archer.

Começo a chorar de novo, mas só percebo quando deixo escapar um soluço alto que ecoa pela galeria.

— Ele não pintou Paris.

— Não — responde Daphne, em voz baixa. — Não pintou.

— Nem usou tinta acrílica.

— Tem um *pouco* naquela ali — ela aponta para uma das obras. — Nas folhas, aqui. Ele usa um pouco de cor para registrar o outono. E a lua em todas as obras. Um toque ali também. Mas a maioria é só carvão. Nem sabia que ele trabalhava com carvão, muito menos que podia criar algumas das melhores obras que já vimos desde Seurat.

Não faço ideia de quem é Seurat, e nem quero saber.

— Eu sabia — revelo baixinho. — Mas ele nunca me deixou ver.

— Talvez agora você entenda o motivo. *Você* é a obra dele, Miranda. Você é a musa do Archer.

Não entendo nada de arte. Nem de musas. Mas sei que ela tem razão.

A nova série de Archer tem doze obras. Todas representando o céu noturno. Cada um com seu signo do zodíaco. Todas com uma mulher em movimento. Regando plantas em Áries. Alimentando um peixe-dourado em Peixes. Escrevendo. Rindo.

Um beijo em Capricórnio.

A mulher. Eu.

— Tudo isso — digo, limpando o nariz. — E eu não estava aqui. Ele me convidou, e era importante, e falei não. Escolhi o trabalho.

— Admito que ele é difícil de entender — comenta Daphne, devagar. — Mas o meu palpite é que ele não gostaria que você largasse o trabalho por ele. Acho que ele quer que você seja feliz. Ele não queria distraí-la do que você quer.

Olho para a minha melhor amiga.

— É *ele* que eu quero.

— Eu sei. — Ela sorri. — Então vai atrás dele.

Já estou balançando a cabeça em negativa.

— É tarde. Muito tarde.

Daphne me lança um olhar de leve repreensão.

— Amiga, não tem um desses desenhos que não inclua a noite. O horário de vocês é esse.

Sinto uma faísca de esperança, porque ela tem razão.

E sei exatamente onde ele vai estar.

TEMPORADA DE TOURO

A viagem de trinta minutos do SoHo até Hudson Heights parece um milhão de vezes mais longa do que o voo de seis horas para a área da baía de São Francisco no qual não cheguei a embarcar. Tento usar o tempo para pensar no que vou dizer. Como dizer. Mesmo já subindo os degraus estreitos de sempre até o terraço, não faço ideia.

Mas, quando abro a porta e vejo Archer no meu terraço, as palavras não parecem importar tanto quanto o fato de que ele está *ali*.

Com seu querido uísque Michter's em cima da mesa.

E dois potes de conserva. *Dois*.

Como se estivesse esperando por mim.

Como se sempre tivesse estado esperando por mim.

Fecho a porta com delicadeza atrás de mim, e Archer se volta para me olhar, os olhos brilhando indecifráveis sob a luz fraca.

— Pensei que a gente tinha terminado — falo em voz baixa, repetindo suas palavras de despedida da última vez que estivemos aqui em cima.

Sem uma palavra, ele serve um pouco do uísque num pote de conserva. Estende para mim.

— Você sabia que eu viria?

— Estava torcendo. — É tudo que ele diz. Seco.

Meu coração dá uma cambalhota de felicidade, mas o contenho. Sei que há coisas que precisam ser ditas. A maioria por mim.

— Vi suas obras — digo baixo. — Soube que vendeu tudo.

Ele olha para mim, surpreso, os olhos azuis demonstrando confusão.

— Quem disse?

— Daphne. Acho que ela disse...

— Nada foi vendido. Porque nada estava à venda.

— Ah. *Ahh*. As pessoas não ficaram chateadas por não poderem comprar? — Um pensamento aflitivo passa pela minha cabeça. — Ou não queriam comprar?

O canto da boca dele se ergue.

— Ah, queriam comprar, sim. Mas azar o delas. Certas coisas não estão à venda. — Ele dá de ombros. — Elas vão superar.

— O que você vai fazer com elas?

— Ainda não sei. — Seus olhos encontram os meus e me encaram por um longo momento antes de desviar.

Aceno e respiro fundo.

— Recebi uma ligação da Alyssa. Antes de embarcar no avião. Foi muito gentil da sua parte me indicar para ela. As oportunidades que ela mencionou parecem... incríveis. Melhores do que eu poderia imaginar.

Archer acena.

— Por que não me contou? — pergunto, após um momento. — Que você e a Alyssa não estavam mais juntos desde...

— Desde que te conheci? — ele indaga, voltando o olhar para mim.

Engulo em seco e faço que sim com a cabeça.

— Porque eu sabia que você começaria a fazer perguntas. E que não estava preparada para as respostas.

— Agora estou — sussurro.

Archer dá um gole no uísque, parecendo em dúvida, como se travasse uma batalha interna. Seu olhar observa meu rosto antes de parecer decidir o que quer que precise decidir. Então coloca a bebida sobre a mesa e tira um pedacinho de papel do bolso.

— O que é isso? — pergunto, também deixando minha bebida de lado e pegando o papel.

— Meu aniversário.

Olho para ele com ironia.

— Que definitivamente *não* é em abril?

Ele me dá um sorriso enviesado, sem parecer nem um pouco arrependido. Sua expressão fica séria enquanto aponta para o papel.

— Abre.

Olho para o papel, mas não o desdobro.

— Por que você mentiria sobre o seu aniversário?

Archer suspira.

— Você estava certa na outra noite. A Willow me machucou. Machucou saber que o que ela sentia por mim não era intenso o bastante para competir com os tais planos que ela achava que o universo tinha para nós. Então decidi que nunca mais me colocaria naquela posição.

Ele passa a mão na nuca.

— E você entrou com tudo no meu terraço e... tudo mudou. Mas você tinha tanta esperança de que seu mapa e o do Christian se alinhariam, e percebi que... eu era só a rodada de treino. E pensei que, se eu não estava na disputa, pelo menos desistiria nos meus próprios termos. Que, se não fôssemos compatíveis com base num aniversário *falso*, doeria menos.

Solto um som de tristeza.

— Archer...

— Não, não precisa pedir desculpa — ele diz, erguendo a

mão. — Você deixou bem claro o seu objetivo para este ano. Posso não entender nada de mapa astral, mas entendo que era algo que você precisava fazer.

Olhando para mim, ele continua, devagar:

— E disse a mim mesmo que só precisava *esperar*. Esperar até você se tocar... — Ele passa a mão no cabelo, frustrado. — Até se tocar que não *importava* o que nossos mapas diziam. Até você me escolher... por quem eu sou.

Inspiro fundo, o coração apertado diante da vulnerabilidade intensa no seu rosto, embora haja algo mais que ainda não entendo. Levanto o papel.

— Por que me dar seu verdadeiro aniversário agora? Por que não esperar até eu acabar com essa história de horóscopo?

Seus olhos se fixam no papel.

— Porque percebi que queria uma chance antes que você tomasse aquela decisão sobre Stanford, mesmo que fosse mínima. Uma chance de que nossos mapas formassem um coração ou sei lá.

Sorrio.

— Não é bem assim que funciona. — Passo o polegar sobre o papel, ainda sem abrir. — E se *não* formos compatíveis astrologicamente?

Ele se aproxima, os olhos ardendo enquanto leva a mão ao meu rosto, o polegar acariciando minha bochecha com delicadeza. A expressão é suplicante.

— Importaria, Miranda?

É o momento.

É *o* momento.

Em resposta, levanto o papel entre nós e, devagar, deliberadamente, o rasgo em pedacinhos ilegíveis.

Ele solta um som que é quase de espanto e, enquanto ainda seguro os pedaços do seu aniversário irrelevante, as mãos de

Archer deslizam pelo meu cabelo, inclinando meu rosto para trás, e sua boca encontra a minha num beijo voraz. Solto os últimos pedaços de papel e, com um gemido, aperto sua camisa, puxando-o para perto e beijando-o com a intensidade acumulada por meses do que agora, enfim, consigo identificar.

Amor.

Archer pressiona o polegar ao longo da minha mandíbula, ajustando o beijo para que sua língua deslize entre os meus lábios, roçando os meus com uma promessa ardente e provocante, e solto um gemido baixo.

Ele interrompe o beijo devagar, com relutância, embora mantenha os olhos fixos na minha boca, encara os meus lábios inchados com desejo. Pela primeira vez, não me oponho a encerrar nosso tempo no terraço. Não veria problema em entrar mais cedo hoje. Não se Archer vier comigo.

— Sabe — murmuro, enquanto meus dedos exploram o maxilar áspero dele —, tenho quase certeza de que a Lillian trouxe as buzzes para cá de propósito. Para a gente se conhecer.

Ele bufa.

— Você jura? Aquela mulher é a própria ideia de cupido.

— Você sabia? — pergunto, surpresa. — Que as flores não precisavam ficar no terraço?

Archer sorri.

— Desde a primeira noite.

— Por que não falou nada? — indago, exasperada. — Você poderia apenas ter me contado e recuperado seu terraço silencioso!

— Poderia. Mas estava ocupado.

— Fazendo o quê?

Archer sorri e roça os lábios nos meus.

— Me apaixonando.

♊

TEMPORADA DE GÊMEOS

UM ANO DEPOIS

— Archer? — chamo ao entrar na nossa casa e largar as chaves na mesa da entrada. — Já voltou?

Enquanto espero por uma resposta, tiro os saltos e o blazer rosa-claro. Passei o dia todo em Manhattan fazendo entrevistas como parte da turnê de divulgação de *O universo revelado*, meu programa de TV em que explico conceitos complicados de física para não cientistas. O público-alvo não é bem o infantil, mas uma das minhas exigências antes de assinar o contrato foi garantir que os pequenos também conseguissem acompanhar.

A meu pedido, Kylee participou do episódio piloto, para garantir que tudo funcionasse bem. Ela adora o programa, embora talvez não tanto quanto está adorando ter sido chamada pelo pai para ser a daminha de honra no casamento dele com uma linda engenheira civil chamada Lila.

O universo revelado só estreia no outono, mas Alyssa me contou que as primeiras impressões da crítica foram tão boas que a emissora já renovou o contrato por mais três temporadas.

O episódio favorito dos críticos no pré-lançamento e também meu favorito?

"Hipóteses de Horóscopo."

Fico em silêncio, esperando algum sinal de que Archer esteja em casa. Na *nossa* casa.

Lillian se mudou para a Flórida e se recusou a me vender sua casa.

Em vez disso, ela me *deu* de presente.

Agora, eu e Archer moramos aqui em tempo integral, e a casa dele foi inteira transformada em estúdio. Ele precisa do espaço extra desde que sua série *Miranda astral* se tornou um fenômeno viral no mundo da arte. Archer ainda se recusa a vender qualquer uma daquelas obras, mas continua trabalhando noite e dia no mesmo estilo: carvão, seu favorito, com toques ocasionais de tinta acrílica.

Como parece que ele não saiu do estúdio, calço os chinelos e vou até o quintal da frente. No mesmo lugar onde ele segurou meu dedo na manhã seguinte ao nosso primeiro encontro, retiramos parte da cerca e criamos um arco entre os dois terrenos.

Paro para inspecionar a estufa, que expandimos. Fico feliz ao ver que as buzzes bebês que cultivamos recentemente estão vingando.

O ateliê de Archer nunca é proibido para mim, mas ainda assim entro na ponta dos pés, caso ele esteja concentrado e precise de silêncio.

Embora a casa toda agora esteja cheia de obras finalizadas, obras em andamento e materiais extras, o lugar favorito de Archer para trabalhar ainda é o ateliê original. Onde demos nosso primeiro beijo, no réveillon.

Como imaginei, é lá que o encontro, na mesma banqueta em que estava da primeira vez em que entrei no espaço. Há um pedaço de carvão atrás da sua orelha e outro entre os dedos, que ele move com firmeza sobre a tela.

Archer se volta para mim quando entro na sala e, embora não diga nada, seu olhar é caloroso. Dou um beijo leve em sua bochecha, para não atrapalhar seu processo, e sorrio ao ver que já há um pote de conserva me esperando, com o gole de Michter's que costuma marcar o fim do dia de trabalho e o começo do *nosso* tempo juntos.

Pelo menos até subirmos ao terraço, o que ainda fazemos sempre que o tempo permite e às vezes até quando não permite.

Estou prestes a dar o primeiro gole quando algo chama minha atenção.

Uma caixinha embrulhada ao lado da garrafa de uísque de centeio.

O carvão de Archer não para enquanto pego e abro a caixinha.

Nenhum diamante me espera. Archer me conhece bem demais para isso.

Em vez disso, é uma aliança simples. Discreta, com um leve brilho. Feita de poeira de meteorito lunar.

Quando ergo os olhos para Archer, ele vira o cavalete para mim em silêncio, revelando o que seu carvão estava criando. É simples. Perfeito. Apenas palavras.

Casa comigo.

Sem hesitar por um segundo sequer, coloco a aliança no dedo.

E passo a mão pelo cabelo do meu futuro marido, puxando-o para um beijo longo e demorado, que nos deixa um pouco sem ar.

— Mesmo com esse seu Q.I. de 170, você não quer pensar? — ele pergunta, ajeitando meu cabelo atrás da orelha.

— Não preciso — respondo, estendendo a mão esquerda para admirar meu mais novo acessório. — Além disso, eu sabia que o pedido seria hoje.

Ele parece genuinamente surpreso.

— Sabia?

— Claro. — Abro um sorriso de canto. — Meu horóscopo me avisou.

Aliás? O meu mapa astral e o do Archer?

Compatibilidade perfeita.

Mas disso você já sabia.

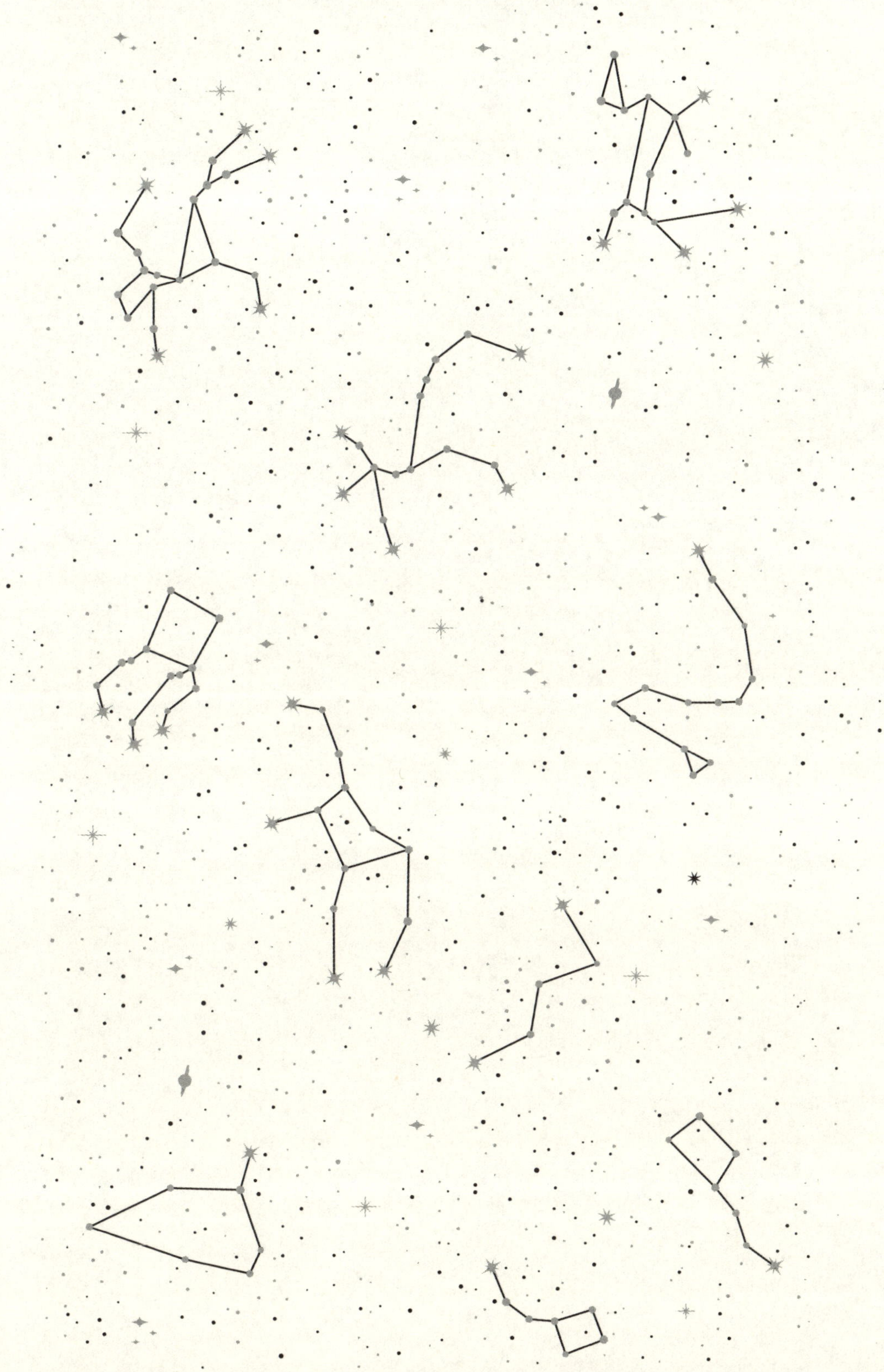

NOTA DA AUTORA & AGRADECIMENTOS

Sempre me considerei uma autora de sorte por escrever histórias ambientadas no meu próprio tempo, muitas vezes no quintal de casa (Manhattan).

Até que...

Tive a ideia de um livro sobre uma gênia da física que quer estudar astrologia.

Uma ideia que se *recusava* a me largar, por mais que eu tentasse lembrar à musa que:

1. Não sou uma gênia.
2. Não entendo muito de ciência.
3. Nem de astrologia.

Digamos que, se eu empilhasse todos os livros que li antes mesmo de começar este romance, a pilha seria mais alta que uma criança de sete anos.

Não quero insultar os físicos fingindo que alguns livros me tornaram uma especialista em "ciência", mas me orgulho de agora conseguir me virar numa conversa sobre termos que eu nem sabia que existiam antes de escrever: *evolução estelar, lente gravitacional, constante de Hubble*...

Mas também me sinto grata por minha protagonista passar um ano inteiro sem pensar em ciência, o que me poupou de pensar demais também.

Astrologia, por outro lado? Estava no coração da trama, do romance e do arco de Miranda, e fiquei genuinamente chocada com a complexidade do assunto.

E com o quanto eu sabia pouco.

Antes de começar o livro, o que eu sabia, ou achava que sabia, era o seguinte:

Nasci em 14 de abril, então sou de Áries.

Achava que tínhamos apenas um signo, com alguns pares amorosos ideais e outros nem tanto.

Quando concebi esta trama, pensei que seria simples: "Miranda é taurina, mas se apaixona por um sagitariano. Grandes trapalhadas acontecem."

E então...

Minha pilha de livros de astrologia chegou. (Sim, me abasteci de livros de astrologia, assim como a Miranda.)

Nenhum deles tinha menos de 400 páginas. O mais grosso tinha 801.

Vish.

Sabe aquela frase clichê "só sei que nada sei"?

Nunca entendi o verdadeiro sentido disso até decidir estudar astrologia.

Dizer que eu não sabia nada é pouco. Até o que eu *achava* que sabia estava errado.

Não sabia nem que signos lunares ou ascendentes existiam. Nunca tinha ouvido falar dos *três principais*. Não sabia que era para ler o horóscopo com base no ascendente, e não no signo solar. Não sabia o que eram casas astrológicas.

Ou regentes.

Ou Quíron.

Ou trânsitos planetários.

Ou Nodos Norte e Sul.

Ou aspectos.

Ou retorno de Saturno.

Ou progressões.

Ou luas fora de curso.

Mais preocupante ainda, considerando que eu pretendia escrever um romance: nunca tinha ouvido falar da palavra *sinastria*, e logo descobri que meu plano de usar um "mapa de compatibilidade romântica do horóscopo" não era apenas simplista, mas bastante *equivocado*.

Então li todos os livros. Todos mesmo. Alguns li várias vezes.

E *mesmo assim*, por mais que eu me familiarizasse com os termos, a astrologia não se encaixava de um jeito que me desse confiança para seguir com o livro.

É aí que entra a Talisa, da Two Wander. Meu primeiro contato com a empresa dela foi por meio do curso Traditional Astrology 101. Fiz vários cursos on-line, mas o dela foi, de longe, o mais útil. Tanto que, no fim, tive coragem de perguntar se poderia comprar uma leitura de mapa astral... *para uma personagem fictícia*.

Enviei um e-mail explicando a premissa do meu livro e contei que, embora tivesse criado o mapa astral de Miranda com base nos dados fictícios dela, estava tendo dificuldade para entender o que tudo aquilo realmente significava. Perguntei se ela toparia fazer a leitura como se Miranda fosse uma pessoa de verdade.

É difícil explicar a energia única da Talisa que transpareceu já na resposta ao meu e-mail. Mas ela aceitou de pronto, irradiando muita gentileza e acolhimento. E quando entregou o pdf algumas semanas depois?

Foi como se a névoa da astrologia enfim se dissipasse.

Todos os termos que eu havia aprendido, mas não conseguia aplicar, todos os conceitos que tinha absorvido, mas não compreendia de fato, de repente fizeram sentido. Era como se ela tivesse me entregado uma chave personalizada para que eu finalmente entendesse o mundo da astrologia.

Algumas semanas depois, enviei outro e-mail perguntando se eu poderia pagar pelo tempo dela para tirar dúvidas sobre sinastria e sobre o par ideal para Miranda; ela compartilhou seu conhecimento com paciência e generosidade, sem pedir nada em troca.

Acho que ninguém nunca foi tão fundamental no meu processo de escrita quanto Talisa foi para *Miranda está retrógrada*.

Nem sei se o livro teria sido escrito sem ela!

É impossível explicar como ela foi gentil e prestativa, e se você tem algum interesse por astrologia, recomendo começar por twowander.com.

Acabei comprando a leitura do meu próprio mapa astral com ela, e valeu cada centavo.

Claro, Talisa não é a única a quem eu e Miranda somos gratas.

Minha agente, Nicole Resciniti, e minha editora, Molly Gregory, deram um apoio incrível a essa história desde o início. Pela complexidade da trama, precisei de todo apoio possível, e as duas estiveram ao meu lado em cada passo, oferecendo incentivo e ajuda sem hesitar.

Molly, sua capacidade de entender imediatamente o que eu queria fazer com esta história e me ajudar a fazê-la brilhar não passou despercebida!

Sou uma pessoa de muita sorte por poder trabalhar de novo com a Gallery neste livro.

O que eles fizeram com a capa, o marketing e o posicionamento da história superou todas as minhas expectativas.

Existem editoras que "lançam seu livro" e existem editoras que "lançam seu livro jogando confete, cantando elogios e torcendo por você".

A Gallery está na segunda categoria.

Sou imensamente grata a toda a equipe — do departamento de arte ao marketing, editorial, produção (oi, Christine!) — e também às equipes que nem sei que existem, mas sem as quais eu com certeza não teria conseguido. Muito obrigada!

Ao meu marido, Anthony.

Obrigada. Não preciso dizer mais nada.

E por fim, mas nunca menos importante, obrigada a você, leitor.

O fato de ter dedicado seu tempo valioso a mim e à Miranda é um presente.

Com carinho,
Lauren
☼ Áries ☽ Touro ⬆ Câncer

SUA OPINIÃO É MUITO IMPORTANTE
Mande um e-mail para **opiniao@vreditoras.com.br**
com o título deste livro no campo "Assunto".

1ª edição, nov. 2025

FONTES Brandon Grotesque Bold 15/16,1pt;
Objektiv Mk2 Regular Italic 10,5/16,1pt;
PSFournier Std Petit Regular 12/16,1pt

PAPEL Pólen Bold 70g/m²

IMPRESSÃO Gráfica Santa Marta

LOTE GSM030925